CW00521970

Né à Saint-Étienne, président de l'Oulipo, Paul Fournel a publié de nombreux ouvrages, parmi lesquels *Les petites filles respirent le même air que nous*, *Les Athlètes dans leur tête* (bourse Goncourt de la nouvelle), *Foraine* (prix Renaudot des lycéens), *Poils de cairote*, *La Liseuse* et *Anquetil tout seul*.

Paul Fournel

CHAMBOULA

ROMAN

Postface inédite de l'auteur

Éditions du Seuil

TEXTE INTÉGRAL

ISBN 978-2-7578-2885-4
(ISBN 978-2-02-089278-0, 1ʳᵉ publication)

© Éditions du Seuil, 2007

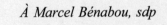

À Marcel Bénabou, sdp

C'est un contresens d'écrire aujourd'hui de longs romans : le temps a volé en éclats, nous ne pouvons vivre ou penser que des fragments de temps qui s'éloignent chacun selon sa trajectoire propre et disparaissent aussitôt.

Italo Calvino

Depuis quelque temps, rien ne va plus : j'ai l'impression qu'il n'existe plus dans le monde que des histoires qui restent en suspens, et se perdent en route.

Italo Calvino

Au Village Fondamental, la vie était organisée selon les compétences de chacun. Celui qui ne savait rien faire ne faisait rien, celui qui savait sauter sur le pied gauche sautait sur le pied gauche, celui qui savait parler aux enfants parlait aux enfants, celui qui savait éplucher les noix épluchait les noix.

Grandes Cuisses, qui était très fort et très vaillant, faisait tout le reste, ce qui était bien commode.

Le plus grand et le plus gros du village était le Chef, parce qu'il donnait les plus grosses claques. Autour du village il y avait des champs, et ces champs étaient les champs du village et du chef du village.

Chaque matin, les hommes partaient à la chasse et les femmes aux champs. Ils étaient chargés du rouge et elles s'occupaient du vert et du blanc.

Il faisait jour le jour, noir la nuit, chaud à la saison chaude et humide à la saison des pluies, et ceci depuis le temps du père du grand-père du père du grand-père et idem pour la grand-mère.

On se protégeait des grands fauves en laissant le champ libre au lion lorsqu'il voulait venir boire. On se méfiait des éléphants, qui font des ravages et vous mangent la forêt entière pour leur dîner.

On faisait du bon sexe au village ; les hommes regardaient les petites filles grandir avec patience. Grandes Cuisses regardait aussi les petits garçons grandir.

Le village était fier de compter parmi ses habitantes la plus belle femme jamais portée par la terre et le fleuve. Elle se nommait Chamboula.

Dans le cycle des malheurs, lorsque la maladie frappait un villageois, le Sorcier le guérissait. S'il y avait parfois des morts au village, c'était uniquement à cause des impayés. Le Sorcier était très bon magicien mais toutes les familles ne pouvaient pas lui payer le bon prix de la guérison, surtout les années chaudes, qui revenaient tous les ans, où les légumes poussaient noirs et fripés. Surtout les années où les légumes venaient à manquer et où les bêtes n'avaient plus que la peau sur les os.

Les morts se retrouvaient au Pays des Ancêtres, qui se trouvait sous la terre.

On recevait peu de nouvelles d'ailleurs. On devinait que d'autres hommes et d'autres femmes vivaient au loin, mais on tournait le dos au village voisin dont on ne voulait rien savoir et le reste du monde passait au large. Parfois sonnait l'écho d'une bataille, la rumeur d'une guerre. Les carquois étaient pleins, les lames, effilées. Mais l'âme du village n'était pas à la guerre.

Un jour, on livra le réfrigérateur. C'était un grand réfrigérateur blanc, neuf et brillant. Sa marque était « Froid du Monde », mais personne ne sut la lire. Attachée au frigo par la chaîne il y avait une bicyclette sans roues. Un dessin montrait un homme, assis sur la selle, qui pédalait et un éclair était tracé sur le générateur.

Le Chef fit installer le frigo au milieu du village, à côté du feu. Il prononça les rituels de bienvenue et tout le monde fit cercle. Chacun fut autorisé à toucher. Les hommes trouvèrent que le frigo était plus lisse mais moins doux qu'une femme et les femmes trouvèrent que le frigo était plus dur mais moins chaud qu'un homme.

Grandes Cuisses fut désigné pour monter sur la bicyclette pour faire de l'orage. C'est ainsi que le Chef avait interprété le dessin.

Grandes Cuisses n'avait jamais pédalé de sa vie mais il était très puissant, aussi pédala-t-il très fort et l'on sentit un vent glacé s'enfuir par la porte du frigo. Il fut donc décidé que le frigo faisait la saison froide et le Sorcier fut d'accord. Il fut décidé aussi que le frigo était le frigo du village.

Ce qui ne fut pas décidé, ce fut la révolution que le frigo apporta.

Occupé à pédaler le jour et la nuit, Grandes Cuisses ne fit plus rien d'autre, et les maisons se couvrirent de sable, et le feu s'éteignit, et les petits garçons n'apprirent plus le jeu des pierres et les femmes n'eurent plus de fil de palme pour attacher leur habit.

Pire encore, il y eut des batailles pour aller au frigo. Chacun voulait y aller plus souvent qu'à son tour, pousser son derrière à l'intérieur, prendre le frais par le fondement et donner du poing et du pied contre ceux qui convoitaient la place.

Plus personne n'obéissait au Chef. On se moquait même de lui parce que son postérieur était si large qu'il ne parvenait pas à l'introduire dans le frigo. Ce fut un grand changement dans le village parce que tout le monde, qui était autrefois respectueux, apprit l'irrespect.

Le plus petit et le plus maigre du village débarrassa le frigo de ses grilles et put entrer tout entier à l'intérieur, d'où il ressortit grelottant et triomphant.

Quelques jours plus tard, les nez coulaient.

Un jour, on livra le téléviseur. C'était un grand téléviseur gris, neuf et brillant avec un gros œil opaque sur le devant. Sa marque était « La Voix de son Maître », mais personne ne sut la lire. Un dispositif de pédalage permettait de fabriquer de l'électricité. Un dessin en expliquait l'usage. Le Chef l'analysa.

Il fit installer le téléviseur au milieu du village, à l'ombre de l'arbre à palabres. Il prononça les rituels de bienvenue et tout le monde fit cercle. Chacun fut autorisé à toucher. Les hommes trouvèrent que le téléviseur avait un regard plus énigmatique que celui d'une femme. Les femmes trouvèrent que le téléviseur avait des contours plus aigus que ceux d'un homme.

Grandes Cuisses fut désigné pour monter sur la bicyclette afin de faire marcher le téléviseur.

Grandes Cuisses pédala très fort et l'on vit aussitôt une image. Un homme pâle parlait avec un homme pâle et le toubib dit que c'étaient des ancêtres qui faisaient la palabre. Il fut donc décidé que le téléviseur faisait la palabre. Il fut décidé aussi que le téléviseur était le téléviseur du village.

Ce qui ne fut pas décidé, ce fut la révolution que le téléviseur apporta.

Occupé à pédaler le jour et la nuit, Grandes Cuisses

ne fit plus rien d'autre, et les maisons se couvrirent de sable, et le feu s'éteignit, et surtout plus personne ne pressa le vin de palme. Il y eut une grande nervosité générale.

Le Chef écouta la palabre du téléviseur et tout le monde écouta avec lui. Ils écoutèrent longtemps, jusqu'à ce que le Chef ait l'impression de comprendre la langue des ancêtres. Ayant compris la palabre, il s'adressa au téléviseur pour lui poser une question de sagesse.

– Comment faire couler le vin de palme ? lui demanda-t-il.

Le téléviseur ne répondit pas et les ancêtres continuèrent la palabre comme si le Chef n'existait pas. Le Chef recommença en vain et recommença et recommença, ce qui le rendit ridicule.

Pour la première fois de toute l'histoire de l'Histoire, on se moquait de lui. Ce fut un grand changement dans le village parce que tout le monde était respectueux et tout le monde apprit l'irrespect.

Grandes Cuisses en eut marre de devoir pédaler à longueur de vie, d'autant qu'il se rendait compte que son pédalage augmentait le désordre et l'anarchie. Le village entier se battait contre le village et il voyait bien que les hommes et les femmes faisaient des grimaces qu'il n'avait jamais vues, que leurs robes étaient déchirées et que leurs corps portaient des cicatrices neuves. Sa bicyclette sans roues était une bécane de malheur et il en descendit.

Pendant un temps les pédales tournèrent toutes seules parce que sa puissance était immense et puis tout s'arrêta.

Grandes Cuisses prit un moment pour souffler et le village, épuisé, s'arrêta pour souffler aussi. On entendait les mouches tsé-tser.

Personne ne songea plus à bouger.

Le malheur vint d'en haut.

La colère, qui était montée au ciel en nuage, retomba sur le village et recouvrit tout de sa poudre noire. Ceux qui la secouaient recevaient un nouveau seau sur la tête. Ceux qui se dressaient retombaient de fatigue après trois pas. L'esprit des ancêtres refusait de souffler sur la poudre. Le vent semblait mort et on avait oublié la pluie.

Grandes Cuisses fut gagné par l'effroi. Il avait cessé

de pédaler mais la vie d'avant n'était pas revenue à la même place. Son vélo l'avait emmené trop loin.

Le village était plongé dans la tristesse et la mélancolie. Les oiseaux n'y chantaient plus, la terre était stérile et les arbres perdaient leurs feuilles. Il faisait une chaleur de four qui cuisait tous les désirs. Les hommes ne regardaient plus les jeunes filles, et quand les hommes ne regardent plus les jeunes filles il n'y a bientôt plus de jeunes filles à regarder. Et quand les femmes ne regardent plus les garçons il n'y a bientôt plus de garçons à regarder.

La faim s'installa. Seule la poudre noire craquait sous la dent, et plus on tentait de s'en défaire plus il en revenait.

Les habitants hébétés restaient assis la plus grande part du jour, ils n'avaient même plus la force de s'étendre pour dormir. On les retrouvait là où ils s'étaient posés. On ne se parlait plus parce qu'on n'avait plus rien à se dire, puis plus rien à dire tout court. L'histoire du Village Fondamental s'arrêtait dans le silence.

L'homme du service après-vente arriva. Il portait un masque blanc sur son visage. Il était vêtu d'une longue blouse blanche avec un dessin rouge dans le dos. Le Sorcier, qui savait le secret des langues, dit que c'était un signe magique : SAV, qui se lisait « essavé ». Pendant un moment, il fut la grande attraction du village. On riait beaucoup à le voir. Il faut dire que l'homme blanc chante toujours et a le rythme dans la peau. Il danse d'un pied sur l'autre et fait cinquante choses à la fois, comme le plus petit des oiseaux. Il est très jeune aussi, même s'il paraît grand comme un adulte. Il a un seau et une pelle à la main et creuse le sol pour ramasser ce qui se trouve dessous, dans le royaume des ancêtres. Il a un goût bizarre pour les cailloux.

Le Chef parla à SAV.

SAV lui expliqua qu'il était venu pour leur offrir des cadeaux. Il lui proposa de regarder des catalogues de Manufrance qu'il avait avec lui pour choisir. Le Chef choisit un arc à poulie qui était pour lui mystérieux et familier. Dans son imagination, il vit passer la gazelle devant la ligne de mire.

Après, il y eut une palabre où il fut débattu de l'esprit des ancêtres, de la course du soleil et du cours du brut.

Pendant ce temps, le catalogue circulait dans le village et chacun frottait les images pour voir si tout cela était bien vrai. Les femmes rêvaient de canons à neige et les hommes de bocaux de cœurs d'artichauts. Grandes Cuisses aurait bien aimé des rideaux pour pendre aux branches des arbres.

Chamboula refusa de choisir.

Ils mangèrent tous ensemble la bouillie du chaudron et SAV offrit un gâteau.

Ensuite, il promit par magie que ce qui était à plat dans le catalogue allait devenir vrai pour de bon. Ce fut une grande fête.

Pendant que l'homme au masque blanc dormait et que des femmes chatouillaient son nez pointu avec une plume de poule en gloussant, il y eut une palabre entre les hommes du village. Le catalogue était ouvert sur les cuisses du Chef et chacun avait son avis sur le micro-crédit. Chaque habitant du village en aurait un pour faire son entreprise. On regardait l'entreprise dans le catalogue. Ce n'était pas très difficile, il suffisait de choisir et d'attendre. Mais choisir est difficile quand, dans toute sa vie, on n'a choisi que sa femme (et encore, avec l'aide de tout le village et du Conseil des Ancêtres) et le plus gros haricot dans le chaudron quand on avait faim.

Le Chef, qui aimait décidément beaucoup le catalogue, voulait surtout ne pas déplaire à SAV, qui risquait de le remporter. Il tenait à lui montrer par son choix qu'il était digne du micro-crédit. Le mot lui plaisait beaucoup et il le répétait à tout le monde. Il fut décidé que le prochain bébé à naître au village se nommerait « Micro-Crédit » et qu'il aurait de la chance et du bonheur.

À la rubrique « Karaoké » du catalogue, le toubib repéra un objet qui portait le doux nom de « micro ». Il lui parut avisé de conseiller à ses compatriotes de choisir l'entreprise micro puisqu'ils avaient le micro-crédit. Cela lui sembla de parfaite cohérence.

Il y eut une palabre et tous choisirent le micro, même Grandes Cuisses qui aurait voulu un gril et le Chef qui aurait préféré une baignoire.

Il faisait beau et chaud et chacun attendait son micro.

Doigts de Liane, assis à l'ombre du baobab, sculptait une femme pour faire plaisir à SAV. Il voulait lui être agréable et lui offrir lui aussi un cadeau. Il donnait à sa sculpture les formes rondes de la belle Chamboula : de grosses fesses rebondies et des lèvres épaisses, taillées dans le bois blanc. Elle levait un bras au ciel où sont les dieux et elle pointait l'autre vers la terre où sont les ancêtres, et ses seins faisaient de même.

SAV trouva la statue fort jolie. Il félicita Doigts de Liane. Il ajouta tout de suite et sans hésiter que le nom de la statue était « Art Nègre » et que c'était un nouveau dieu.

Doigts de Liane fut fier d'avoir fabriqué le nouveau dieu.

SAV, qui avait été impressionné par le talent de Doigts de Liane, par la force de Grandes Cuisses, par la sagesse du Chef et par les formes de la belle Chamboula, décida que tout le village avait du talent et qu'il méritait bien un macro-crédit pour l'aider à devenir un chantier.

SAV s'adressa donc au Chef et vint s'asseoir près de lui sous l'arbre. Il lui expliqua :

— Avec le macro-crédit, c'est comme si tu baisais la fille à l'œil et qu'en prime on te donnait le bordel.

Le Chef eut du mal à comprendre : il baisait toujours les filles à l'œil et il ne savait pas ce qu'était un bordel.

SAV changea de stratégie et sortit un nouveau catalogue. C'était un catalogue de villes. Le Chef l'ouvrit sur ses gros genoux et le regarda avec soin. Il présentait les villes des quatre coins du monde : des petites rondes en couleurs du Sud, des grandes quadrillées des Amériques, des villes-jardins du Nord, des villes humides même, où le piéton risquait de se noyer, des villes-désordre où les cases se touchaient et se montaient les unes sur les autres, des villes comme des étoiles, des villes si petites que l'on aurait dit des villages et des si grandes qu'elles n'entraient pas en entier dans le catalogue. Le Chef les regarda longuement en mouillant son doigt pour tourner les pages. Le soleil descendit dans le ciel et, juste avant la nuit, le Chef posa son doigt sur sa ville préférée. Elle se trouvait être la ville même où vivait SAV.

Grâce au macro-crédit, le village allait devenir une ville et le Chef aurait sa maison au milieu avec des colonnes autour, un jardin avec des fontaines permanentes et une chasse d'eau dans les toilettes. Il voulait aussi qu'une grande avenue ouvre directement sur la forêt pour permettre au lion d'entrer en ville selon son habitude.

Regarder passer la belle Chamboula était une des occupations favorites des hommes du village. Le Chef racontait que, toute petite déjà, la belle Chamboula était la belle Chamboula. Elle était la grande beauté du village parce que chacun des ancêtres lui avait fait le cadeau d'une petite beauté. Elle avait les yeux du vénéré chef Massou, elle avait les mains de la déjà belle Roballa, elle avait le ventre de Bounia, elle avait le dos du grand guerrier Tadoussa, les seins de Madina, la femme du vieux vieux chef, et, surtout, des fesses qui rassemblaient toutes les fesses des ancêtres et qui étaient la Beauté Rassemblée elle-même. Les jeunes du village ne pouvaient pas savoir tout cela, mais regarder passer Chamboula était regarder passer leur histoire tout entière et la beauté même de leur tribu.

Chamboula arrivait du fond du village. Elle sortait de l'ombre des arbres et entrait dans la lumière du soleil. Sous ses pieds, le sol se transformait : de terre dure, il devenait de caoutchouc. Chamboula marchait lentement mais en rebondissant à chaque pas, et le rebond de son pied devenait le rebond de ses jambes, le rebond de ses cuisses, le rebond de ses fesses en majesté, le rebond de son ventre et le rebond de ses seins. Son cou et sa tête, eux, restaient immobiles, tendus vers le ciel. Chamboula ne regardait personne et faisait semblant de ne pas voir ceux qui la regardaient, ce qui ajoutait la fierté à sa beauté.

Les hommes la regardaient passer en soupirant, les ancêtres revenus du Pays des Morts la regardaient passer en soupirant et SAV la regardait passer en soupirant, songeant qu'elle ne ressemblait pas à sa mère mais qu'elle valait bien le coup d'œil.

Arrivée près du fleuve, à l'autre bout du village, Chamboula posait sur l'herbe le sac à main qu'elle portait sur la tête et s'accroupissait pour rire avec les autres filles. Et c'était le moment du spectacle que les hommes aimaient le plus. Chacun rêvait que la belle Chamboula s'accroupissait ainsi sur sa queue et on assistait à un moment de gracieuse élévation.

Ce fut l'heure où le lion vint boire. Les fillettes du village emplirent la fontaine d'eau fraîche et se tinrent à l'écart. Le soleil touchait le sommet des grands arbres, ce qui lui chatouillait le ventre et le faisait rougir de plaisir. C'était la bonne heure pour le lion, l'heure de la soif terrible et des grandes ombres.

Le lion arrivait de la savane, passant derrière les buissons, et suivait le chemin de l'ombre du baobab jusqu'à la fontaine. Il avançait avec nonchalance, une grosse patte après une grosse patte, secouant le sable que la longue sieste avait glissé dans sa crinière, battant la mesure de sa marche avec la touffe de sa queue.

Le village s'immobilisait et faisait silence. Les femmes au bord de l'eau arrêtaient le caquet, les hommes gardaient l'outil levé et les enfants se cachaient derrière les troncs sans perdre une miette du spectacle.

Le lion avançait.

SAV poussa un cri et tenta de fuir. Le Chef l'arrêta en le saisissant par sa blouse.

— Arrête d'agiter ta jupe, lui murmura-t-il, tu vas te faire dévorer.

Le lion vint à la fontaine, et, selon un rituel immuable depuis la dévoration de la femme du chef Grand-Père, la belle Chamboula s'approcha de sa démarche de res-

27

sort pour lui passer les doigts dans la crinière. Le lion grogna, les enfants tremblèrent. Le lion but et reprit en sens inverse le chemin de l'ombre. Un oisillon vint se poser sur son dos pour picorer quelques puces, tant il est vrai que la puce gorgée du sang du lion donne à l'oisillon la force de ses ailes.

Le lion disparut derrière le buisson et ce fut la nuit. On alluma le feu et on mit à cuire.

SAV posa le catalogue sur ses genoux et, montrant une partie du plan de la ville, il expliqua au Chef que c'était là que serait placé le quartier blanc. Cela correspondait exactement à l'endroit du village où le Chef avait sa case, l'endroit où il y avait l'ombre des grands arbres et la rivière qui donnait la fraîcheur.

Le Chef demanda ce qu'était un quartier blanc.

– C'est l'endroit de la ville où vivent les blancs, répondit SAV.

– Quels blancs ? Il n'y a pas de blancs ici.

– Ceux qui vont venir.

– Et pourquoi viendraient-ils dans ma ville ?

– Pour travailler avec toi.

– Des blancs ? Pour quoi faire ?

– Pour creuser.

– Pour creuser quoi ?

– Pour creuser par terre.

– On ne creuse pas la maison des ancêtres, sinon ils se réveillent mauvais.

– Leur maison est un trésor pour les vivants. C'est du travail pour vous tous et la télé pour chacun et un frigo pour chaque maison.

– Et qui pédalera ?

– On fera venir le fil électrique.

29

– Les ancêtres n'aimeront pas et je suis le fils des ancêtres, leur gardien.

– Ils s'en foutent, les ancêtres, ils sont morts.

– Et alors ? Moi, quand je suis mort, je ne m'en fous pas. Je veux la paix.

– Alors on emmènera les ancêtres en voyage de l'autre côté du bosquet. On leur fera une maison et ce sera le quartier des ancêtres. Il y aura le quartier des blancs, le quartier des ancêtres, le quartier du Grand Chef et le quartier des travailleurs.

– Qu'est-ce que c'est, les travailleurs ?

– Ceux qui creusent et qui ont la télé le soir en rentrant et une femme toute fraîche dans le frigo.

À l'aide de son seau et de sa pelle, SAV ne cessait de creuser le sol. Il s'intéressait particulièrement à la terre rouge sur laquelle le village était bâti et aux petits cailloux transparents qu'il y trouvait.

Une nuit que le feu était éteint et qu'il continuait à creuser dans le noir, il donna un coup de pelle un peu plus profond et, du fond du trou, sortit un ancêtre. C'était un très vieil homme, maigre et parcheminé, qui devait être au moins le père du grand-grand-père. L'homme roulait des yeux inquiets, tout étonné d'être tiré de son sommeil.

SAV eut très peur parce qu'il n'avait pas l'habitude de rencontrer les morts. Mais il se ressaisit très vite en voyant que l'ancêtre n'avait guère de force.

— Toi, lui dit-il, tu la fermes et tu retournes au trou. Je ne veux plus te voir.

Il nota que les pieds du vieux sentaient fort le pétrole et cela lui mit le cœur en joie.

Durant le jour, les enfants le regardaient travailler avec attention. Ils faisaient eux-mêmes depuis longtemps des tas de cailloux transparents dans leurs cases et ils le trouvaient bien maladroit. Eux travaillaient avec les doigts et le voir batailler avec sa pelle les faisait rire. Lorsque SAV leur demandait un coup de main, ils s'en amusaient et l'envoyaient se faire foutre dans la langue de leurs ancêtres.

SAV sortait d'un petit cartable des fioles et des liqueurs dont il faisait tomber quelques gouttes sur les pierres transparentes. Il regardait comment la liqueur moussait sur la pierre et le notait dans son carnet à ressort. Un des enfants semblait passionné par la manœuvre. Il tendit la main et, aussitôt, SAV l'embaucha comme testeur. Ce fut le premier ouvrier du village et SAV le baptisa « Boulot ». Très vite les autres enfants voulurent devenir, à leur tour, travailleurs. Surtout que SAV, pour bien montrer qu'il était content, leur laissait faire des dessins avec son stylo.

La belle Chamboula, qui était bien la plus jolie fille du village, avait envie d'essayer la queue blanche. Elle trouvait SAV petit, maigrillot dans sa blouse. Elle trouvait que son odeur était fade, mais elle avait envie d'essayer la queue blanche et elle voulait l'essayer avant toutes les autres femmes. Un moment où SAV se trouvait seul et creusait la terre rouge pour en sortir des cailloux et poser dessus des gouttes d'un liquide qui moussait, elle l'entoura d'un cercle magique. De loin d'abord, elle lui tourna autour en prononçant la formule d'amour, puis de plus en plus près, en chantant.

Lorsqu'elle s'approcha de lui, SAV releva la tête et jugea qu'elle était encore plus belle de près. Il se tordit le cou pour la suivre des yeux, puis, fasciné, pivota sur ses fesses pour ne pas perdre une miette du spectacle. Il constata que ses seins étaient comme deux portemanteaux souples, que ses fesses faisaient comme une tablette dans son dos sur laquelle il aurait volontiers pris le café, que ses jambes étaient plus fortes que celles du lion et que, quand elle baissait le regard sur lui, ses yeux semblaient coquins. Elle lui tournait autour en chantant et il pouvait maintenant l'entendre très clairement.

Lorsque le cercle se resserra et qu'elle fut très proche,

elle marqua soudain le pas et s'accroupit devant lui. Elle déboutonna sa blouse au niveau de la ceinture, ouvrit le pantalon et sortit le sexe érigé. Elle le regarda avec attention et éclata de rire.

Elle poussa SAV aux épaules, le maintint couché sur le dos et s'assit sur son sexe, qu'elle avala dans le sien. SAV jugea qu'il faisait là bien chaud et bien doux, puis il ne jugea plus rien parce que c'était précisément trop chaud et trop doux. Chamboula esquissa une petite danse du ventre et SAV fit la pluie.

Chamboula se releva, sans quitter le sexe des yeux. Elle refusa le baiser que SAV voulait lui donner sur la bouche, elle esquiva ses mains tendues vers ses seins. Lorsque le sexe fut tout petit, tout vide, elle repartit de sa démarche élastique en chantant une autre chanson.

SAV fut troué d'amour.

On livra les micros un lundi matin. Personne ne savait que c'était lundi mais le livreur avait écrit « Impératif lundi » sur le paquet UPS. Il s'agissait d'un beau gros paquet en papier brun. SAV signa le récépissé et proposa au Chef de l'ouvrir. Tout le village faisait cercle, les plus petits devant et les plus grands derrière.

Le Chef aimait bien le paquet et il avait scrupule à l'ouvrir. Il commença par un petit coin et, tout de suite, le bruit du papier kraft froissé l'intéressa. Il prit donc un long temps afin de prolonger le plaisir. Il marqua une pause pour manger et pour boire et le jour était déjà bien avancé lorsque le carton fut enfin ouvert.

Nichés dans des alvéoles de mousse noire, il y avait douze micros. Sous les micros, douze longs fils enroulés comme des boas. Sous les boas, une tablette avec des trous et des boutons de couleur, très jolie. Sous la tablette, encore des boas et, sous les boas, une grosse boîte en fer avec l'éclair dessiné dessus.

— C'est le générateur, dit SAV.

— Et où est le vélo ? demanda le Chef.

— Je ne veux plus pédaler ! s'écria Grandes Cuisses. Je veux un micro.

— Plus question de pédalage, expliqua SAV. Il suffit de mettre du gazole dans le trou que vous voyez ici.

– Il suffit, dit le Chef, qui s'y connaissait.

– On en trouve où ? demanda Grandes Cuisses, qui avait peur.

– Pas de problème, poursuivit SAV. En creusant profond dans le trou des ancêtres, on en trouvera un plein lac. Je vous en céderai un ou deux seaux pour faire marcher les micros.

Ainsi fut fait et bientôt les micros marchèrent.

Le village se remplit des grosses voix des hommes et le lion ne vint plus boire et les femmes renoncèrent à se faire entendre et les enfants eurent le sentiment d'être toujours grondés. Les hommes allaient, portant leur micro comme un sceptre, et parlaient. Ils apprirent ainsi à dire n'importe quoi à voix haute.

SAV tenait sur ses genoux la tablette aux boutons et c'est lui qui fermait et ouvrait les micros, laissant la parole aux uns, coupant le sifflet aux autres. Et c'était à celui qui dirait les choses les plus agréables à entendre par SAV et qui s'assurerait ainsi le plus long temps de hurlement dans la brousse. Bientôt on n'entendit plus que les opinions de SAV sans jamais entendre le son de sa voix.

Le Chef bouda et ne dit plus rien. Le grand catalogue restait posé sur ses genoux mais il regardait au loin, vers le jour qui descendait. Le lion traversa devant lui pour aller boire son coup.

SAV se retira sur la pointe des pieds, se disant que le Chef n'était pas mûr et qu'il était plus prudent de le laisser mariner quelques heures.

Le Chef regardait la ville de ses yeux imaginaires. Elle s'élevait devant lui, immense et blanche avec ses quartiers et ses fontaines, avec ses automobiles, et le Chef dans son rêve appuyait sur le klaxon. Il y avait également les feux rouges qui brillaient dans l'obscurité et devant lesquels on devait s'arrêter. Au coin de la rue, un homme vendait du tabac et une femme du poulet qui grésillait dans l'huile. Le Chef entendait tout cela et voyait tout cela avec la clarté des chefs. Et il pensait que tout cela était bon, mais il n'en était pas sûr.

Il convoqua les ancêtres en les priant aimablement de bien vouloir venir lui porter assistance. Le vieux chef Massou qui avait inventé la paix et le grand guerrier Tadoussa qui avait serré le lion dans ses bras sortirent de terre devant lui.

Le Chef leur raconta la ville avec ses maisons et ses quartiers. Les ancêtres eurent du mal à comprendre et il dut leur expliquer lentement. Il leur expliqua que la ville était maintenant la chose à la mode dans le vaste monde et qu'il en avait là un plein catalogue à leur montrer.

— Nos yeux ne voient plus, précisa le chef Massou. Nous ne voyons plus qu'avec le cœur.

— Il faut que nous ayons la ville, poursuivit le Chef, sinon nous resterons un vieux pays.

— Les ancêtres aiment les vieux pays. Pourquoi nous demandes-tu conseil ?

— Parce que pour faire la ville il faut déplacer votre maison.

— Pourquoi déplacer notre maison ? s'étonna Tadoussa. Il suffit de déplacer la ville.

— Impossible : la ville doit être bâtie sur l'emplacement de la ville.

— Alors les ancêtres disent « pas de ville » !

— On m'assure que votre demeure est humide, reprit le Chef calmement.

— Nous pataugeons dans le goudron et l'odeur est putride.

— Ce n'est pas bon pour les rhumatismes.

— Ce n'est pas un endroit où passer sa mort mais c'est la maison des ancêtres.

— Et si l'on vous donne un quartier entier bien au sec, rien que pour vous ?

Certain de bientôt bâtir une ville immense, SAV organisa le travail des jeunes. On allait avoir besoin de main-d'œuvre formée. Il leur apprit à se lever tôt, à se coucher tard et à ne pas chômer entre les deux. Il leur enseigna le haut et le bas, la droite et la gauche, la verticale et l'oblique, le couvert et le découvert, l'aligné et le tordu, le dur et le mou, le fil à pierre et la brouette, la carotte et le fouet. On voyait son armada traverser le village en cadence à chaque heure du jour. L'informe pagaille des premières semaines prit petit à petit l'allure d'une possible armée. SAV rêvait d'un uniforme.

Au début, les gamins trouvèrent cela amusant, cela les changeait de leur ordinaire de balades, de jeux et de chasse, et ils se montraient surtout très heureux de pouvoir faire la différence entre l'aligné et le tordu. Bourrés de science fraîche, ils rentraient chez eux en jetant un regard nouveau sur la case. Certains se permirent quelques remarques à haute voix qui leur valurent des gifles.

Bientôt, trois catégories se dessinèrent. La majorité, qui suivait le mouvement en s'en fichant et en regardant en l'air, qui était spécialiste de l'à-peu-près-droit, du pas-trop-tordu. Une minorité qui vit tout de suite le

39

profit qu'elle pouvait tirer du droit-pur, de l'aligné, du raide, du bien-léché. Et une autre minorité qui se mit à marcher du mauvais pied, à faire la mauvaise humeur. On les appela les Rienfoutants. Kalou, le plus malicieux, prit leur tête et théorisa le tordu pendant que ses hommes fainéantaient dans la forêt en cassant des noix. Il préparait des harangues et des sagesses pour convaincre les villageois qu'ils ne devaient pas se laisser redresser. Il ruminait « Le monde sera droit quand les fesses de la femme seront droites », « Tout dans l'homme est beau parce que tout est tordu », « Si ton sexe est trop droit dans l'amour, coupe-le », « Droit comme un fruit sous la branche »... Il savait qu'il avait du chemin à faire mais il se sentait sur le chemin tortueux de la vraie sagesse.

Ayant repéré que Boulot était capable de tester et classer trois fois plus de pierres transparentes que ses camarades dans une journée, SAV lui demanda, l'air de rien, de constituer un tas de quatre pierres, puis un tas du double, puis un tas trois fois plus gros que le premier, puis un tas de une (par ruse), puis un tas gros comme mains et pieds, puis de le diviser par moitiés et de recommencer par tiers. Ce que Boulot fit et qui n'était pas facile – surtout la dernière question, comme souvent dans les problèmes. SAV, émerveillé par tant de science infuse chez un être fruste, en déduisit que Boulot pouvait compter et il décida de lui apprendre les tables de multiplication.

Il commença d'emblée par la table de 7, qui est particulièrement difficile à cause du 7×7, du 7×8 et du 7×9 que lui-même, qui n'était pourtant pas la moitié d'une queue de cerise en maths, avait eu tant de mal à mémoriser. Ce serait un test décisif.

En quelques jours, Boulot apprit sa table de 7, les équations du second degré, les intégrales et tenta d'expliquer à SAV ce qu'étaient les conjectures de Langlands.

Il apprit la langue de SAV, aidé par une ancêtre de la mère de son père qui avait travaillé dans le monde et qui était morte en souffrances loin du Village Fondamental. Elle vint lui donner quelques cours pendant les nuits chaudes, ce qui allégea ses douleurs d'éloignement. Ensuite, Boulot trouva que trier les pierres transparentes était trivial et il décida de se débrouiller seul.

Boulot était un grand gaillard robuste et malicieux. Il était surtout connu dans le village pour la qualité de ses farces et la bonne tenue de son raisonnement. Pour sa fidélité aux ancêtres, également. Plus d'une fois le Chef lui avait demandé en secret de se déguiser en vieux pour participer au Conseil des Ancêtres en lui recommandant de bien transformer sa voix, qu'il avait forte. Plus d'une fois, dans les débats un peu cacochymes, sa jeune pensée avait fait merveille. Ainsi Boulot dans son jeune âge était-il déjà fort en chevrotements et habile à la gestion des communautés villageoises.

SAV décida d'enlever Chamboula. Il se sentait nerveux, mais comme Chamboula désirait tout à fait être enlevée, cela facilita grandement les choses. Chamboula lui expliqua comment on enlevait les femmes. Il s'agissait d'abord d'attendre la nuit. Ensuite, il était très important d'enlever la femme sans se faire voir, mais de façon que tout le monde le sache. C'était la partie difficile de l'enlèvement. Si SAV se dévoilait trop, les hommes du village voleraient au secours de Chamboula. S'il ne se dévoilait pas assez, l'enlèvement ne compterait pas et Chamboula serait à nouveau enlevable par d'autres. Ce que SAV ne voulait pas. Il comptait bien garder le chaud et le doux de Chamboula pour lui tout seul.

D'abord, SAV pensa qu'il devait porter Chamboula dans ses bras, mais lorsqu'il tenta de la soulever du sol il comprit qu'il s'était choisi une femme de poids. Il la prit donc par la main et l'entraîna dans l'obscurité en passant comme un éclair noir et blanc devant la case du Chef.

— Tu crois qu'il nous a vus ? demanda-t-il.

— Prends ta chance, répondit Chamboula. C'est toi qui enlèves.

— On va repasser une fois.

Ils repassèrent une fois puis se tapirent dans le noir. Ils virent alors le Chef qui pointait la tête au-dehors et regardait en direction des buissons.

– C'est bon, dit-elle, je suis enlevée.

Et ils disparurent par le chemin des grands arbres.

La deuxième partie de l'enlèvement consistait à s'enfoncer de quelques mètres dans l'obscurité et à s'étendre au pied d'un arbre pour faire le doux et le chaud. C'était la partie préférée de SAV. Chamboula l'avait compris.

Lorsqu'il eut fait la pluie, SAV voulut garder Chamboula serrée dans ses bras mais elle se dégagea et s'assit à côté de lui sur son très beau derrière.

– Maintenant, lui dit-elle, tu vas devenir le Roi et je serai la Reine.

Il y eut dans les entrailles de la terre une longue palabre. Les plus ancêtres des ancêtres, qui parlaient les premiers, expliquèrent qu'une fois, dans le monde ancien, la tribu avait déménagé, chassée par le vent de sable et les hyènes. Ils firent alors le récit du malheur qui s'était ensuivi. Pendant le long voyage, la tribu avait perdu d'abord des enfants, des femmes, des chasseurs, puis des guerriers, par la fatigue et la faim, par le malheur de marcher la nuit et le jour avec le vent dans les yeux, mais surtout par la douceur du souvenir du pays d'autrefois, où l'eau ruisselait, où le sorgho poussait par magie du temps, où les enfants tournaient autour des femmes, leur ventre bien rempli, où les chasseurs revenaient à la tombée du jour avec autant d'antilopes et de serpents qu'il en fallait pour nourrir le village. Ce souvenir était trop doux pour des hommes dans l'exil. Ils s'étaient mis à pleurer en cachette et s'étaient laissés glisser dans la tristesse, qui est la petite porte vers la mort. Certains avaient rebroussé chemin et étaient retournés au malheur. D'autres étaient morts là. Pendant longtemps on avait appelé ce chemin « le Chemin des Macabres » tant il y avait de squelettes pour le joncher.

— Personne aujourd'hui n'est là de ceux qui y sont

morts pour vous raconter leur histoire parce que ces morts-là n'ont pas eu de sépulture, pas eu de traditions, et ils errent dans le vent depuis le jour maudit du Déménagement. Ce sont eux qui amènent la maladie et qui boivent toute l'eau du ciel tant ils sont assoiffés. Ce sont eux qui brûlent les cultures, maigrissent les vaches et cachent le gibier.

Les plus jeunes ancêtres, qui, nés bien après, ne connaissaient le Grand Déménagement que par les récits qu'ils avaient entendus, expliquèrent que ce n'était pas la même chose parce qu'il s'agissait là d'un petit voyage par beau temps. Ils expliquèrent aussi qu'il y avait bien des avantages à se retrouver dans une tombe blanche au sec plutôt que de rester dans l'humidité brune du goudron à souffrir toute sa mort des douleurs du rhumatisme. Et puis se tenir un peu à l'écart de la ville leur éviterait de subir tous ces piétinements et tous ces sauts au-dessus de leurs têtes. Ils passeraient ainsi une mort plus paisible.

– Si le mort lâche le pied du vivant, dit le plus vieil ancêtre, alors son âme s'efface dans l'oubli.

Les jeunes ancêtres promirent d'être vigilants et de toujours garder leur cœur ouvert sur la ville et de toujours la protéger et de toujours tenir le pied des filles dont la course est vive.

L'ancêtre sorcier vint se placer au centre du cercle. Il chanta le chant et dit la psalmodie. Puis il ouvrit ses entrailles et regarda son cœur sec. Il le regarda longuement pour ne pas se tromper et annonça à tous qu'ils pouvaient déménager à condition de le faire tous ensemble.

– Là où sont tous les ancêtres se trouve le jeune pays.

Le Chef convoqua les ancêtres et leur dit que la question était grave et qu'ils devaient venir en grande tenue. Les ancêtres mirent leur grande tenue et vinrent faire cercle autour du Chef. Le vieux chef Massou portait la perruque de raphia et la longue robe rouge d'où sortaient ses pieds noirs.

Le Chef leur raconta la ville et les attraits de la ville, la majesté des avenues, le charme des rues et des ruelles, la beauté du commerce et la douceur des terrasses de café.

— Nous n'en avons rien à faire puisque nous vivons sous terre.

— L'âme du mort qui ne pense pas au vivant s'efface dans l'oubli, répondit le Chef.

— Y aura-t-il seulement un métro dans ta ville ?

— Personne ne viendra troubler la paix des ancêtres, répliqua le Chef, qui flairait un piège. Nous allons bâtir un quartier rien que pour vous, sur le côté, à l'ombre et dans le calme. Chacun de vous aura sa tombe propre et sèche.

— Une HLM pour les morts ?

— Un cimetière tout confort.

Les ancêtres se regardèrent, incrédules.

— Tu ne peux pas nous faire cela, Chef, parce que tu

ne sais rien de la vie des morts. Notre vie est faite de grouillements, de frottements, d'échauffements, d'entremêlements de membres, de morsures, de griffures et de caresses. Les vies sont longues dans le noir.

– Nous ne changerons rien à votre vie, nous changerons votre maison.

– Les ancêtres sont le roc solide sur lequel on bâtit les maisons. Si tu nous mets dans la maison, ta ville sera sans fondations et le vent du malheur soufflera sur elle et les murs se courberont.

– Le vent du malheur souffle aussi sur les villages qui ont faim, sur les hommes jeunes qui n'ont pas de travail et qui fabriquent de la bataille pour passer leur temps sur terre.

– Les hommes d'ici vivent selon les hommes d'ici et nous sommes leurs gardiens.

– Alors, pas de ville, si je comprends bien ?

– Tu comprends bien, Chef, car tu es un chef avisé et bon. Pas de ville.

Le Chef resta un long moment silencieux. Le vieil ancêtre Massou chantait entre ses dents la chanson triste des morts-pour-toujours. Par la force de son âme, il voyait la tempête sous le crâne du Chef, la grande bataille entre l'obéissance et la gourmandise, entre la sagesse du semblable et la volupté du neuf. Il voyait tout cela et il savait déjà que le Chef allait faire une bêtise et qu'il faudrait le maudire. Ce qui était dommage car c'était un bon chef.

Le Chef dit :

– Il y aura une ville.

L'ancêtre Massou poussa un long soupir venu du fond de la mort et lui répondit :

– Et elle sera maudite avant de sortir de terre et tu seras maudit avec elle.

SAV arriva avec la première pierre, qu'il présenta à tous les villageois.

Le Chef dit :

– Voici la première pierre.

Les villageois ne dirent rien parce qu'ils en avaient déjà vu et qu'ils ne comprenaient pas très bien ce que cela voulait dire. Ils observaient. La première pierre était sans doute la première à être aussi rectiligne. La première pierre à ne pas avoir été roulée dans le courant du fleuve, la première à ne pas avoir été arrondie par les caresses de l'eau, la première à ne pas avoir été noircie par le feu des femmes.

Un rectangle était tracé au sol sur lequel on posa une crème blanche, et on posa la première pierre dans la crème.

Le Chef monta sur sa chaise et de sa plus belle voix dit :

– Ce n'est pas sans une certaine émotion que nous posons ici la première pierre de l'avenir. À partir d'elle, le monde ne sera plus jamais le même et notre village entre dans la modernité moderne...

Il n'alla pas plus loin, car on lui tirait le boubou pour qu'il baisse les yeux sur le présent. Une main brune était sortie de terre et soulevait la première pierre pour la repousser au loin.

Tous reconnurent une main d'ancêtre et tous frissonnèrent de respect.

Le Chef descendit de son perchoir et serra la main de l'ancêtre. Il tira et l'ancêtre tout entier parut. C'était un tout petit homme très sombre qui n'avait que la peau tendue sur les os.

Le Chef dispersa l'assistance. Lui seul avait le pouvoir de parler avec les morts et quiconque se risquait à transgresser la règle souffrirait du mal de mort.

Le Chef resta avec l'ancêtre et lui dit qu'il était temps de convoquer le Conseil.

Pour Kalou, les choses étaient claires :

1) « Celui qui plante l'arbre mange les fruits » était sa première sagesse. Il sentait bien que si les villageois se mettaient au travail avec SAV certains planteraient moins que d'autres et mangeraient davantage. Il avait compris cela au premier coup d'œil. Ceux qui allaient s'empiffrer étaient ceux qui commenceraient par donner l'ordre aux autres de planter et qui les regarderaient faire les bras croisés. Plus encore, ils les engueuleraient pour qu'ils plantent autrement et pour qu'ils plantent plus vite. Pendant ce temps, ils mangeraient les meilleurs fruits et le jus sucré leur coulerait sur le menton.

2) « Ce qui est à moi est à moi et ce qui est à toi est à moi aussi » était la deuxième sagesse de Kalou. Son intention était bien de confondre les poches de SAV avec les siennes, même s'il fallait le secouer un peu pour en arriver là. Il s'entraînait avec ses camarades Rienfoutants en leur piquant leurs petites affaires et en les invitant à faire de même. Les Rienfoutants, en vérité, finissaient toujours par se flanquer sur la gueule, au prétexte de récupérer leurs bricoles. Kalou se régalait de les voir se déchirer. Il aimait le désordre, la méchanceté et les petites coupures que les garçons

s'infligeaient, les petits assassinats sans importance qui se perpétraient la nuit dans l'obscurité des arbres. Le matin, Kalou regardait passer les cadavres, ventre en l'air, dans le fleuve. Ceux qui survivaient sur la terre ferme étaient chaque soir plus méchants et chaque matin plus forts. Ses guerriers. Sa Brigade.

3) « Un homme armé en vaut deux » était la troisième sagesse de Kalou. Il lui fallait donc trouver des armes, et pour cela approcher ceux qui en vendaient ou, encore mieux, ceux à qui on pouvait en voler. Il cherchait.

4) « Tout, tout de suite » était la quatrième sagesse de Kalou, et il se levait de sa paresse pour aller débusquer Chamboula et lui ouvrir les fesses parce que l'envie venait de le saisir.

Boulot rassembla sa sagaie, son bouclier, sa calculatrice, une poignée de pierres transparentes et quelques pagnes qu'il roula en un ballot jeté sur son épaule. Il salua ses parents, les parents de ses parents, les autres enfants de ses parents, leurs cousins. Il salua le Chef, qui lui fit un long sermon et lui expliqua qu'il était le plus idiot de tous les idiots du village et qu'il pouvait lui en raconter des histoires sur les lignées d'idiots du village qui s'enfonçaient aussi profond que le plus profond des ancêtres et que lui qui était intelligent ne devait pas se sentir fier d'être le dernier des idiots au moment où le village allait changer et que la lubie de partir le prenait pour un monde incertain qui n'existait peut-être même pas puisque l'ancêtre de la mère de son père qui y était allée n'en était jamais revenue pour dire ce qui se tramait à l'autre bout de la forêt et du fleuve et qu'il partait emportant avec lui le goût de la farce et la sagesse des jeunes gens et que ceci constituait une faute impardonnable qu'il ne pourrait que partiellement réparer par l'envoi régulier de cartes postales en couleurs… Quand le Chef s'arrêta une seconde pour reprendre souffle, Boulot en profita pour lui baiser la main et tourner les talons.

Il passa ensuite saluer Chamboula, qui était le symbole de la beauté de son pays. Elle lui manquerait dans les soirées de froid. Chamboula reçut son adieu avec émotion. Elle se cambra et le pria d'entrer un instant dans sa case. Elle lui offrit de l'eau dans une calebasse et, lorsque ses lèvres furent rafraîchies, l'embrassa en lui donnant sa langue. Ensuite, elle prit son sexe dans sa bouche et il trouva cela fort bon. Lui qui s'inquiétait de trouver un métier eut l'illumination, au moment précis, qui ne tarda pas à venir, où il fit la pluie, que celui-ci pourrait être fort agréable.

Il lui demanda la route trois fois et à la troisième il partit.

Ensuite il fut près de la source à l'heure du lion, et quand le lion repartit il lui emboîta le pas à distance et les filles pleurèrent sur son passage et leurs mères firent semblant de ne pas pleurer.

Un dicton des anciens du Village Fondamental dit : « Celui qui suit le lion verra bientôt l'antilope. » Boulot ne fut donc pas étonné de voir, après une longue marche de savane, les antilopes bondir par-dessus les herbes.

Un dicton des jeunes du Village Fondamental dit : « Celui qui suit l'antilope verra bientôt le 4 × 4. » Boulot ne fut donc pas étonné de voir le 4 × 4. Et dans le 4 × 4 les appareils photo avec leur long museau, et derrière eux, avec un œil fermé, les touristes.

Parce qu'il avait une bonne tête, on le prit en photo avec les antilopes et le grand baobab dans le fond. Ensuite la jeune fille blonde en khakis mini lui fit une place à côté d'elle sur le banc. Le 4 × 4 démarra et ils rentrèrent à la ville. Boulot était surpris que le vent se lève sans coucher l'herbe de la savane alentour. Il ferma les yeux et ouvrit la bouche, pensant que le 4 × 4 allait le conduire droit chez les ancêtres et que, déjà, il était dans le ciel, puisque le 4 × 4 faisait, derrière lui, les nuages.

Boulot rassembla sa sagaie, son bouclier, sa calculatrice, une poignée de pierres transparentes et quelques pagnes qu'il roula en un ballot jeté sur son épaule. Il salua ses parents. Il salua le Chef. Il passa ensuite saluer Chamboula, qui était le symbole de la beauté de son pays.

Il se laissa ensuite couler discrètement jusqu'à la rive du fleuve, là où l'on rangeait les pirogues. Il en choisit une, y jeta son ballot et sauta à l'intérieur. Les filles qui tapaient le linge à côté écrasèrent une larme en le voyant partir. Il saisit une pagaie et se lança dans le courant du fleuve. L'eau était brune de limon et tout agitée de tourbillons. Boulot savait par les récits des ancêtres qu'au bout du fleuve se trouvaient le grand village et un fleuve plus grand encore et plus bleu.

Il rama un long moment dans la grande solitude. Il chantait les chansons du village et de l'enfance pour remplir le grand silence de l'eau. Il se récitait des sagesses à voix haute pour s'encourager : « Va ton chemin d'eau et reviens-nous sec », « Celui qui voyage comme le poisson ne craint que la friture », « Le soleil brille sur la pirogue, mais c'est la nuit qui règne au fond de l'eau », « Ne donne pas ta main au poisson vorace, ne jette pas ta jambe au caïman »,

« Pense à tes pieds quand tu nages avec la tête hors de l'eau »…

À un moment, l'eau se fit plus épaisse et la pagaie eut du mal à entraîner le bateau. Boulot ralentit la cadence. La boue était lourde à brasser et le ventre de la pirogue glissait mal. Il crut être totalement arrêté.

C'est à cet instant que le crocodile jaillit des ténèbres et mangea la pagaie.

Boulot savait tout des crocodiles. Il savait qu'il devait se taire, rester immobile, invoquer l'esprit de Tomba, son ancêtre chasseur, tripoter le gri-gri que le féticheur avait glissé dans sa ceinture, prier Dieu, Jésus et Allah et cesser de dire des sagesses à haute voix.

Mais il n'avait pas de pagaie de secours et voir le grand crocodile mâchouiller la sienne lui tapait sur le système. Il lui restait du chemin à faire.

Il plongea. Le crocodile vit l'aubaine. Il abandonna la pagaie qui avait peu de goût et s'en vint, d'un coup de queue rapide, croquer le pauvre Boulot. Pour ce faire, il ouvrit grand la gueule. Boulot, très énervé, lui saisit les mâchoires et les retourna prestement. « Joue avec la truite, mais avec le crocodile ne perds pas de temps », dit le sage. Le crocodile battit l'eau de sa grande queue. Avec la gueule ainsi ouverte, il avait l'air plus inoffensif. Boulot récupéra sa pagaie et retourna à la pirogue. Les pies jaillirent des arbres où elles se tenaient cachées en tremblant et vinrent au-dessus de la pirogue pour chanter la gloire de Boulot, le grand guerrier du fleuve qui avait fait sourire le grand croco.

Boulot savait que le soir même tout le fleuve et tout le village seraient au courant de sa gloire.

L'eau blanchit et moussa. Elle se fit plus rapide et légère et Boulot put avancer rapidement au fil du courant. Le fleuve était maintenant très large. Boulot pouvait voir des pirogues remontées sur les rives, des filles qui se lavaient dans l'eau, des toits de cases qui dépassaient au-dessus des herbes, de plus en plus nombreuses.

Un peu plus loin, une forêt poussait au milieu du grand fleuve, partageant les eaux en deux. Boulot s'arrêta un instant, se demandant quel côté choisir afin de poursuivre son aventure. S'approchant de l'île forestière, il avisa deux panneaux en forme de flèche. Celui de gauche indiquait « Centre-ville », celui de droite « Aéroport ».

Dès l'aube, le Chef envoya un de ses garçons dans la case de Chamboula en lui recommandant bien de fermer les yeux et de les garder fermés tant qu'il serait à l'intérieur, sinon il risquait l'aveuglement car, selon la sagesse : « Si tu vois le péché, les yeux t'en tombent. » Il lui donna ordre de dire d'une voix puissante à Chamboula qu'elle devait se présenter devant le Conseil quand le soleil toucherait le fromager.

Le garçon, qui se nommait Épatou, entra dans la case de Chamboula avec le visage tout plissé tant il serrait fort les paupières. Il heurta le chambranle et s'y reprit à deux fois avant de trouver le droit chemin à tâtons. Il se planta là et dit d'une voix forte qui tremblait :

— Chamboula, il faut venir devant le Conseil quand le soleil touchera le fromager.

— Ouvre les yeux, imbécile, répondit Chamboula. Ce que tu vas voir ne peut te faire que du bien. Le sage a dit : « Regarde la beauté et tu grandiras en taille. »

Épatou ouvrit les yeux, soulagé, et regarda la beauté. Il grandit en taille. Chamboula portait son pagne et rien en elle ne pouvait faire tomber les yeux, au contraire. Ce qu'Épatou vit aussi, c'était SAV occupé à creuser le sol avec une houe au milieu de la case.

— Va dire au Chef que je viendrai.

Il y alla à regret.

À l'heure où le soleil touche le fromager, Chamboula se présenta devant le Chef. Elle portait un boubou bleu et orange, de ciel et de feu. Le Chef était assis sur le tabouret de cérémonie, en grande tenue de chef. Il tenait dans sa main gauche le fémur de lion qui était sa force – jeune, il avait longtemps chassé le lion à l'arc. Autour de lui, rangés en demi-cercle, les hommes du Conseil restaient debout. Ils s'étaient roulés dans des tissus colorés qui les couvraient des pieds à la tête.

Chamboula vint se placer devant le Chef et le Chef lui posa la main sur le crâne.

– Chamboula, dit-il de sa voix grave, tu as essayé la queue blanche. Qu'est-ce que tu as contre les queues noires ?

Il fit un geste circulaire pour montrer les hommes de son Conseil.

– J'ai été enlevée, Chef.

– Quand on est le réservoir de la beauté du village, on ne se laisse pas enlever par le premier venu.

– SAV n'est pas le premier venu, Chef.

– En tout cas, c'est le premier que je vois de son espèce, et je ne peux pas lui donner toute la beauté du village, les ancêtres ne me le pardonneraient pas. Il faut que tu reprennes ta liberté pour pouvoir être enlevée de nouveau, le soir venu.

Le Chef aurait bien voulu demander à Chamboula comment était la queue blanche, et tous les membres du Conseil attendaient la question, mais il pensa que ce n'était pas une curiosité de chef.

Le Chef se précipita chez le Sorcier pour lui annon-
cer que Chamboula venait d'être enlevée et que l'heure
était grave car l'enleveur n'était pas de leur race, pas
de leur couleur, pas du village, pas de leur taille, qu'il
ne pouvait faire à Chamboula que des enfants-zèbres
avec sa queue blanche et que tout cela constituait une
situation propre à déplaire aux ancêtres. Connaissant sa
Chamboula et le rhinocéros de son caractère, le Chef
pensait qu'il était inutile de lui demander de se libérer. Il lui semblait plus sage de demander au Sorcier
de bien vouloir la marabouter pour qu'elle ne fasse pas
d'enfant-zèbre et pour que son amour pour le blanc se
sépare de son cœur pendant sa baignade et descende
dans le cours du fleuve pour ne jamais remonter.

Il demanda tout cela au Sorcier parce que lui-même
ne pouvait pas faire de magie, étant né d'un père chef
et non d'un père sorcier.

Le Sorcier, qui était né d'un père sorcier et d'une
mère sorcière en secret, trouva l'idée juste et bonne
et accepta le maraboutage. Sans le dire au Chef, il
ajouta en douce un petit supplément personnel. Il faut
dire que le Sorcier, comme tous les hommes du village, était amoureux de Chamboula, mais que, étant
sorcier, il était davantage amoureux de Chamboula

que les autres hommes. Il en va ainsi des sorciers, ils sont davantage. S'ils n'étaient pas davantage, ils ne seraient pas sorciers. Il décida donc d'obéir à l'ordre du Chef, mais lorsque l'amour de Chamboula quitterait son cœur pour s'en aller au fil de l'eau il remonterait jusqu'à lui par un petit ruisseau. Ainsi en décida-t-il dans son cœur sorcier.

Il traça les signes rituels sur la terre, il lança les incantations, il aspira par les narines la poudre sacrée des marabouts, il fit la grimace des sorciers et commença le maraboutage. Il se mit en quête de deux grosses calebasses qu'il colla l'une à l'autre pour figurer les fesses de Chamboula. Les esprits ne pouvaient s'y tromper. Quand il eut bien en main les fesses de Chamboula, il passa un moment rêveur à les caresser, puis il y mit le feu. Quand les fesses furent bien enflammées, il les éteignit vivement avec l'eau du fleuve, ajoutant, en douce, quelques gouttes de son urine. Il leva les calebasses calcinées vers le ciel, prononça les vœux de maraboutage, puis les laissa glisser au fil de l'eau.

Ensuite, tout n'était plus qu'affaire de patience. La patience des sorciers, la patience des causes et des effets.

Lorsque les ancêtres furent redescendus un à un dans leur demeure ténébreuse, lorsque la perruque de raphia du vieux vieux Massou qui passait en dernier eut disparu dans le noir de la mort, le Chef sentit la piqûre d'un moustique et se donna une forte gifle. Il resta assis à l'endroit même où serait un jour posée sa statue sur la place centrale de sa ville, immobile en attendant le jour. Sa palabre avec les ancêtres lui avait coupé les jambes et son esprit courait dans les savanes, poussé par un vent de folie. La ville serait immense et blanche et l'eau des fontaines coulerait fraîche aux deux saisons. Mais ce serait une ville sans ancêtres et sans fondations. La sagesse disait : « Dans la ville sans ancêtres, les enfants ne savent pas naître », et il eut une vision des rues désertes et des places maudites traversées par quelques vieillardes aux seins flasques chahutées par l'harmattan. Il éprouva le frisson de la nuit, qui était sa seule expérience du froid, et ce frisson dura. Il espérait le soleil pour lui chauffer le corps et faire la lumière dans ses idées noires. Il attendit. Le village dormait autour de lui, à peine secoué par les remuements des cauchemars. Le sommeil ne vint pas à son aide et il se gifla encore deux fois. Il était éveillé et pourtant son corps dormait, ses bras étaient lourds et il n'aurait pas pu demander à ses jambes de le porter. Il faisait l'expérience de la mort. Il sentait le temps fuir sans pouvoir en prendre la mesure.

Après un long moment, les habitants du village se levèrent et vinrent se rassembler autour de lui. Ils étaient certains d'avoir dormi plus longtemps que l'homme dort. L'heure était passée de se lever pour aller chasser, mais le jour, lui, ne se levait pas. Le monde restait de ténèbres.

Les hommes lui demandèrent le pourquoi de cette nuit sans fin. Il reposa lui-même la question au Sorcier, qui sortait justement d'un coin sombre, et le Sorcier répondit que le monde était marabouté par les forces du noir. Qu'il fallait patienter jusqu'à la victoire des forces du jour. Il fit une danse et leva les yeux vers le ciel pour l'interroger puis dit qu'il était noir comme le plus noir et que les forces avaient éteint les étoiles. Il fallait s'attendre à une longue bataille qui pouvait durer mille saisons. Les hommes s'assirent pour attendre. Les femmes vinrent réclamer le jour. Les enfants vinrent réclamer la lumière et le chaud. Ils vécurent plusieurs jours dans le noir, mangeant à tâtons leurs ultimes réserves. Ensuite ils se battirent pour les miettes. Beaucoup de coups se perdirent dans le sombre de la nuit, mais beaucoup atteignirent au hasard leurs cibles. Il y eut des membres coupés, des têtes fracassées, des enfants coupés en deux, des femmes transpercées, et partout on butait sur les cadavres. Le Chef, qui ne parvenait toujours pas à se lever, perdit le compte des jours et des saisons et dut se résoudre à conseiller l'exode. Mieux valait marcher vers le jour que l'attendre. Ceux qui restaient vivants firent un baluchon de leurs dernières possessions et se mirent en route. Ce fut le début de la légende appelée « la Longue Marche des Squelettes ». Épuisés, les survivants s'enfoncèrent dans le noir sur un chemin de hasard, enveloppés dans un nuage de poussière qu'ils ne pouvaient pas voir, poussés par le feulement des lions et l'aboiement des hyènes. Les vieux guerriers, qui marchaient devant, avaient décidé que la direction qu'ils empruntaient au hasard était la direction du jour. En un instant, le Chef les perdit de vue. Ils furent avalés par la nuit, et ils étaient déjà si maigres et si légers que le bruit de leurs pas s'effaça aussitôt. La Longue Marche des Squelettes dura deux vies et les enfants des survivants qui atteignirent le petit jour ne surent pas lui donner de nom.

Le Chef resta immobile, bloqué par la crampe de la mort. Son tour était venu de rejoindre les ancêtres et il savait que sa mort ne serait pas de tout repos puisqu'il était maudit. Le sol était glacé et dur et il doutait que son âme puisse en percer la croûte. Et quand bien même il s'enfoncerait, il savait qu'il s'enfoncerait dans le noir des solitudes. Depuis longtemps il avait senti sous lui le grouillement des ancêtres qui se mettaient en route.

Les ancêtres en colère se précipitèrent tous en même temps pour replonger dans leur royaume. Ils avaient entendu assez de sottises et tous voulaient retrouver le paisible silence des morts. Le trou par lequel leurs âmes se faufilaient était comme un chas d'aiguille, caché sous une feuille. À tous vouloir y passer à la fois, ils l'élargirent à la taille d'une calebasse. Leur irritation aviva le bord de l'orifice et ajouta de l'aigreur à la terre. Les lourds habits de cérémonie qu'ils portaient sur leurs âmes, la précipitation offensèrent l'entrée secrète de leur monde. Il y eut un petit éboulement et, soudain, une grande jouissance brune creva la terre et monta droit au ciel.

Le Chef crut d'abord qu'il était pardonné et que l'amour giclait du Pays des Morts.

Les villageois se précipitèrent. Le liquide brun retombait en pluie, picrelant le toit des cases, picrelant les visages levés vers le ciel et les hautes feuilles des arbres. Ce n'était pas l'eau de la pluie qui vient toujours du ciel, ce n'était pas la terre que le vent de sable monte du sol en grains, c'était comme une boue liquide et grasse qui collait à la peau et sentait l'odeur du centre de la terre.

Le Sorcier leva les yeux lui aussi puis les reposa sur le Chef.

– Qu'as-tu fait, Chef, dit-il, pour que gicle ainsi au ciel l'âme de nos morts ?

Ce qu'entendant, chacun regarda plus attentivement le jet brun et vit effectivement des bouts d'âme crachés par la terre. Certains crurent y reconnaître un morceau des leurs. On voyait ainsi passer dans le jet un pied de vieux guerrier, un sourire de vieux sage, un avant-bras de jeune morte, un sexe de vieux chef. Chacun reconnaissait un morceau de ses morts et chacun pleurait pour les âmes que le retour au jour allait mettre à la torture.

SAV sortit comme un diable de sa case et se précipita sur le jet. Il fit la grande danse des hommes blancs, repoussa tout le monde de ses deux mains ouvertes, élargit le cercle et se mit à hurler, comme en folie :

– C'est à moi ! C'est à moi !

Il voulait embrasser le jet. Il s'en approchait jusqu'à se faire prendre. On crut même un instant qu'il allait se laisser arracher du sol et monter au ciel pour retomber en pluie. Jamais homme ne fut plus énervé et heureux que SAV à ce moment-là.

Le Chef le regardait sans comprendre. Comment pouvait-on se réjouir de voir gicler l'esprit des morts ? Lui en tremblait de terreur, redoutant que le jet brun ne vienne obscurcir le ciel et la terre et que ne commence une année de douleurs. Il voyait le projet de sa ville s'effacer, il voyait s'éloigner le confort de son peuple. Il sentait dans ses genoux que la légende perpétuerait de lui le souvenir que laissent les mauvais chefs.

Sur une peau noire, l'œil au beurre noir ne tranche pas aussi glorieusement que sur une peau blanche. Il ressemble davantage à une enflure aux contours peu définis qui tient l'œil clos avec parfois, pour le regard expérimenté, de profonds reflets bleus. L'embêtant est qu'il est malgré tout aussi douloureux.

Deux yeux au beurre noir ne se voient pas davantage mais font pourtant deux fois plus mal et aveuglent complètement.

C'est pour cette raison que Kalou revint à quatre pattes de son expédition amoureuse chez Chamboula. Il se tenait au plus près du sol pour chercher son chemin et tentait de passer inaperçu. Les jours comme celui-là, il préférait la discrétion. Il tâtait le sol devant lui avec les mains et, lorsqu'il lui paraissait sûr, il avançait le genou. À cette allure-là, il en avait pour une demi-journée à rentrer chez lui.

Chamboula l'avait pourtant accueilli avec douceur, lui avait ouvert sa case, lui avait ouvert son boubou, lui avait ouvert ses cuisses et lui avait ouvert ses fesses. Chaque fois il avait plongé dans l'ouverture, et au moment même où il pensait atteindre le sommet de la volupté la tigresse avait fermé ses gigantesques fesses comme un étau, sans se défaire de son voluptueux sourire.

Il en était découlé pour Kalou deux yeux au beurre noir et d'autres petites contusions et pincements au nez, aux joues et aux lèvres.

Chamboula l'avait jeté dehors avec un coup de pied aux fesses. « Si tu fourres ton nez dans l'essaim, ne t'étonne pas si l'abeille te pique. »

Un homme débarqua un jour sur le chantier. Il était pâle. Il portait un costume gris sombre et une cravate noire. Il transpirait énormément et la poussière se collait sur son front. Il l'essuyait avec un mouchoir sale qui laissait des traces. Il portait une valise de toile. Il avait l'air inquiet.

Il arriva dans une pirogue à moteur par le fleuve et demanda au pilote de l'attendre.

Il fut reçu par le Chef et SAV et il ouvrit sa valise devant eux pour leur proposer tout un lot de prises électriques. L'électricité n'était pas encore installée mais il savait que la clef du commerce est l'anticipation. En outre, ces prises ayant été volées sur un chantier, il attendait de l'affaire un joli profit. Le Chef se montra très intéressé par les prises puisque lui savait qu'il avait un générateur. Il les inspecta sous toutes leurs coutures et trouva qu'elles avaient le regard noir de la modernité.

Pour l'achat de mille deux cents pièces, le marchand lui offrit un rasoir électrique.

Lorsqu'il repartit, SAV le suivit et, sur le chemin, lui réclama sa commission. Le marchand lui donna une liasse de dollars poisseux et s'essuya le front.

Il remonta dans sa pirogue et fit un signe de la

main, comme quelqu'un qui s'en va. Mais à quelques centaines de mètres de là, lorsqu'il fut à couvert, il demanda au pilote de le débarquer à nouveau.

Il fit dix pas dans la forêt et imita le cri de la hyène. Quelques minutes plus tard, Kalou sortit d'un fourré, son bâton à la main, l'air farouche. Le marchand leva deux doigts en signe de victoire. Il ouvrit sa chemise et montra à Kalou qu'il portait en dessous le treillis de l'Internationale Violente.

– J'ai des armes, dit-il à voix basse.

– Il m'en faut.

Le marchand lui tendit un catalogue.

– Elles sont identifiables ? s'inquiéta Kalou.

– J'ai des copies d'armes françaises faites en Russie, des copies d'armes russes faites en Italie, des copies d'armes américaines faites en Amérique. Tous les numéros sont faux et toutes les munitions viennent d'îles imaginaires. Payables en dollars usagés roulés dans des calebasses pour boutiques exotico-écologisantes.

– Je trouve l'argent où ?

– Tu appliques la loi de protection des gens et des biens.

Il nota une commande pour dix fusils-mitrailleurs et deux caisses de munitions idoines. Il accepta de ne pas toucher l'acompte habituel à la commande par solidarité révolutionnaire. Il s'essuya le front.

– Vous avez un climat pourri par ici, mais vous devriez quand même essayer la culture du coquelicot. J'ai des graines à bon prix.

L'aéroport de la grande ville est un endroit passionnant deux fois par jour. Le soir, quand l'avion arrive, et le matin, quand il repart. Les habitants de la ville viennent chaque matin et chaque soir voir l'avion tout en fer qui se pose du ciel et remonte dans le ciel sans même battre des ailes. Les enfants se bouchent les oreilles.

Les avions donnent à rêver et à réfléchir. Ils donnent aussi à avoir peur et on se rassure en se disant qu'on ne les prendra pas.

Le soir, les blancs descendent de l'avion. Ils s'éventent avec leur chapeau parce qu'ils ont chaud.

Le matin, ce sont ceux qui sont arrivés une semaine plus tôt, qui sont rouges maintenant et qui repartent dans le ciel.

Et les noirs les regardent.

Boulot les regardait donc puisque le 4 × 4 l'avait déposé là. Les photographes étaient en retard et ils devaient retourner directement au bureau. La jeune fille en khakis mini lui avait fait un petit signe de la main. Boulot avait agité sa sagaie au-dessus de sa tête. Les autres noirs le regardaient lui aussi parce qu'il avait l'air d'être de la brousse, mais lui ne le savait pas.

L'avion ferma ses portes, fit grand tapage au bout

de la grande rue et partit en soufflant. D'abord l'avion leva le nez, ensuite les fesses, et il monta dans le ciel, il devint tout petit puis disparut.

Il y eut un moment de tristesse et puis, lentement, les spectateurs rentrèrent en ville, les petits perchés sur les épaules des grands.

Boulot ne rentra pas en ville puisqu'il ne savait pas ce qu'était la ville et qu'il n'y était jamais entré. Il s'assit, espérant qu'un autre avion reviendrait. Il commençait à avoir faim et le baiser d'adieu de Chamboula ne le nourrissait que de regrets. Il s'assit. Au village, c'était l'heure où l'on mangeait tous ensemble devant la case.

Lorsque la nuit fut noire et alors que Boulot demandait aux ancêtres de lui accorder le sommeil, un homme s'approcha de lui pour lui parler à voix basse. L'homme portait une banane dans la poche de sa chemise et semblait intéressant.

Il offrit sa banane à Boulot et lui dit qu'il avait une place libre pour le lendemain matin dans le train d'atterrissage. Il regarda soigneusement dans le bagage de Boulot et compta douze pierres transparentes qu'il mit dans sa poche à la place de la banane.

Boulot, qui ne savait pas ce qu'était une place et qui ignorait bien plus encore ce qu'était un train d'atterrissage, trouva l'idée bonne. Il en parla aux ancêtres, qui haussèrent les épaules. Il sentait bien que les ancêtres n'étaient pas enchantés à l'idée de son départ.

Boulot se retrouva seul au milieu de la ville. Il n'avait jamais vu autant de têtes inconnues. Au village, il connaissait tout le monde. Ici, il ne connaissait personne et personne ne le connaissait. C'est à peine si on lui jetait un coup d'œil à cause de son accoutrement. Les gens semblaient affairés sans raison. Il y avait là quantité de machines roulantes qui faisaient un bruit d'enfer. Chaque fois qu'elles s'approchaient de Boulot, elles émettaient un son bizarre, comme une corne, comme un cri de panthère noire dans la nuit qui sortait de nulle part puisque les chauffeurs gardaient la bouche close. L'une d'elles passa si près qu'elle toucha le bout de la sagaie de Boulot. Il s'avança doucement vers le bord du carrefour et vint frôler les cases. Les cris s'arrêtèrent. Il toucha les murs : il n'en avait jamais touché d'aussi durs. Il marcha longtemps le long des rues sans comprendre et sans but. Des blancs au nez pointu conduisaient des maisonnettes roulantes. Des noirs passaient en éclair sur des machines à deux roues qui pétaient comme après manger la sauce grains.

Il marcha longtemps et s'arrêta devant une case plus grande que les autres. Les fenêtres étaient ouvertes. À l'intérieur, il n'y avait personne et on entendait au loin des cris d'enfants qui jouaient. Il s'approcha. Vissé à un des murs de la pièce, il y avait un objet fascinant. Il s'agissait d'un grand panneau noir sur lequel étaient écrits en gros des chiffres blancs. Boulot reconnut une équation qu'il aimait bien. Il enjamba le rebord de la fenêtre, saisit un bout de bâton blanc qui reposait dans une boîte sous le tableau et écrivit la solution. Il aimait bien cette équation parce qu'elle était farceuse.

Il enjamba la fenêtre dans l'autre sens et la fringale lui coupa les jambes. Il s'assit un moment contre le mur, les jambes repliées devant lui en attendant que son vertige passe.

Il y eut un grand fracas dans la pièce derrière lui, des raclements, des cris, et puis le grand cri d'une grosse voix par-dessus les cris et un instant de silence.

Dans le silence la grosse voix demanda :

– Qui est-ce qui a fait ça ?

Personne ne répondit.

– Qui a résolu cette équation sur le tableau ? Vite !

Personne ne répondit.

Boulot se leva, passa la tête à la fenêtre et dit :

– C'est moi.

Le maître se tourna vers lui, étonné, et le regarda d'un œil bizarre.

– Et qui es-tu, toi ?

– On m'appelle Boulot.

– Viens ici.

Boulot enjamba la fenêtre et sauta dans la salle de classe.

– Il y a une porte, lui dit le maître.

Boulot apprenait vite.

Chamboula s'éveilla le lendemain matin avec une douleur dans la poitrine. Elle avait la sensation que son buste était devenu une cage pour son cœur et une cage pour son souffle. Elle se tenait assise sur le bord de sa couche, dans laquelle SAV dormait encore. La sueur coulait sur son front et elle se sentit gagnée par une grande chaleur.

Elle sortit dans la fraîcheur du matin et se dirigea vers le fleuve. Elle marchait à pas comptés parce qu'elle craignait que son souffle ne s'arrête en chemin.

Arrivée au fleuve, elle laissa glisser son boubou et descendit dans l'eau froide. Elle s'allongea sur le dos et resta parfaitement immobile. Elle ne froissait pas plus la surface que ne le font les grands crocos. Seuls ses seins et la pointe de son ventre sortaient au-dessus de l'eau. Elle voyait la cime des arbres qui se découpait sur le ciel gris pâle défiler lentement à la vitesse du courant. Les premiers oiseaux chantaient. Elle se laissa aller complètement et, soudain, la cage de son buste s'ouvrit. Le souci qui était emprisonné à l'intérieur s'en échappa et elle sut à l'instant qu'elle n'était plus amoureuse. Son amour était sorti d'elle et il était emporté dans le courant pour aller plus loin servir d'amour à qui le pêcherait.

Elle retrouva son grand souffle et le bon tam-tam de son cœur. Elle remonta le courant à la nage, dessinant une belle trace, comme un vol d'oiseaux, à la surface du fleuve. Elle remonta sur la berge, laissa un instant les gouttes d'eau glisser sur sa peau noire, profitant de la douceur de l'air. Elle frissonna et elle comprit que c'était le signe que lui adressaient les forces de la nature pour l'informer qu'elle était prête pour de nouvelles caresses.

Elle ramassa son boubou et retourna vers sa case de son grand pas de caoutchouc.

Chamboula se sentait comme la montagne au moment où elle va cracher son feu et baver sa lave. Elle se demandait quel sale tour les jaloux du village allaient bien pouvoir lui jouer maintenant qu'elle avait le dos tourné. Le Chef faisait le chef, le Sorcier faisait le sorcier, elle allait donc subir de l'autorité et de la magie. Contre l'autorité, elle opposerait l'autorité – elle en avait à revendre. Contre la magie, la chose était plus délicate parce qu'il existait quatre-vingts sortes de magie néfaste et que l'on ne savait jamais laquelle allait vous tomber dessus. Ce qui la rassurait, c'était que la magie ne marchait pas toujours très bien sur elle. Vingt fois on avait tenté de l'enchanter d'amour et cela n'avait jamais eu de résultat, elle aimait toujours qui elle voulait, quand elle voulait. Ce qu'elle redoutait, c'était que, constatant que la magie ne marchait pas sur elle, on tente d'en faire sur SAV. Ce n'était pas qu'elle aimait tellement SAV. Il travaillait tout le jour à bâtir sa ville imaginaire et à entasser ses fortunes futures, puis il rentrait manger et dormir. Sa queue blanche était bien blanche, mais une fois fourrée elle n'était pas vraiment différente des autres. SAV était donc plutôt décevant, mais pour Chamboula il était le plus court chemin pour être Reine.

Elle opta donc pour des contre-magies secrètes comme sa mère lui avait appris à en faire pendant que son père avait le dos tourné. C'était par la force de ces contre-magies secrètes que les femmes de sa famille étaient toujours restées les plus belles du monde.

D'abord, elle prit ses gris-gris, qu'elle glissa sous son boubou pour se mettre sous leur protection. Ensuite, elle rentra dans sa case. SAV dormait profondément. Elle lui entoura le sexe d'un lien de chanvre trempé dans du vin de palme, ce qui devait le mettre à l'abri des attaques contre sa virilité – le plus urgent.

Elle se passa ensuite une liane autour de la taille et une autre autour de la cheville pour que jamais on ne l'attache. Elle se noua un lien au-dessous du genou pour que personne ne puisse l'arrêter dans sa course. Enfin, elle se fit un collier avec une bande de tissu rouge pour marquer sa soumission aux forces supérieures.

Ayant protégé son amour et sa personne, elle prépara le repas.

Il y eut une longue palabre pour décider si les grandes constructions de fer qui étaient posées tout autour du village ressemblaient à des insectes ou à des poules. Tout le monde était d'accord pour dire que les animaux étaient des géants plutôt effrayants et qu'il fallait les apprivoiser pour chasser la peur, mais on se battait sur leur vraie nature. Le Chef, qui avait reçu une carte postale de Paris, trouvait qu'ils ressemblaient à la tour Eiffel qui était sur la photo. Fabriqués en fer dur, ils avaient des pieds plantés dans le sol et une grosse tête qui ne cessait de piocher la nuit et le jour. On aurait bien dit qu'ils picoraient en effet, mais la nuit les poules ne picorent pas, elles dorment. En outre, on ne voyait pas de grain posé sous leur bec immense.

Le Sorcier penchait plutôt pour des insectes parce qu'on voyait le jour à travers leurs pattes comme à travers les pattes des mantes et des phasmes. Mais les insectes sont d'ordinaire plus fantasques et on ne les imagine guère rester éternellement à la même place. Ils préfèrent de beaucoup tailler les feuilles en dentelle et sauter plus loin.

Ce que l'on savait sûrement, c'était que depuis leur construction le jet des ancêtres s'était tari. Le Chef avait replié son parapluie et on ne voyait plus retomber en gouttelettes l'âme des morts.

On constatait aussi que ce troupeau d'animaux étranges avait fait jaillir autour de lui toute une population qui semblait le servir. Il s'agissait d'une armée en casque jaune qui fixait des tuyaux, qui roulait des bidons, qui criait des ordres dans les micros, qui levait les bras au ciel.

SAV criait plus fort que les autres et n'interrompait plus jamais son travail pour venir demander son avis au Chef, qui boudait. Les Rienfoutants rigolaient dans leur coin. Les femmes pestaient parce que les animaux piétinaient leurs cultures et qu'il n'y aurait bientôt plus rien à manger. Consultés, les chasseurs confirmèrent que, s'il s'agissait d'animaux, il n'y avait rien de bon à en attendre : leur chair restait invisible et ils n'étaient constitués que d'os froids.

Les habitants du village s'étaient mis à l'abri de la pluie brune dans les cases à l'écart. Seul le Chef bénéficiait d'une protection divine que lui avait donnée SAV. Il avait pris des cours de parapluie et pouvait traverser la pluie sans dommage pour sa chevelure. Il savait ouvrir l'engin et le tenir droit au-dessus de son crâne et les femmes trouvaient que cela ajoutait encore à sa majesté. Le jet continuait à jaillir du Pays des Ancêtres, toujours aussi vigoureux, toujours aussi inquiétant. Lors des palabres du Conseil, les sages se demandaient ce qui pouvait bien se passer là-dessous. S'ils convoquaient les ancêtres, les ancêtres ne répondaient pas, assourdis, sans doute, par le fracas du jet. Les jeunes guerriers voulaient tous faire quelque chose, mais quoi ? Ils avaient tenté de couper le jet à la machette, mais chaque fois le jet se reformait et leur arrachait la machette des mains pour l'envoyer vers le ciel et la faire retomber en dangereuse pluie. On ne voyait plus SAV, qui s'agitait en tous sens, qui faisait défiler ses troupes, qui lançait des télégrammes de brousse, des courriers de savane.

Le lion s'approchait le soir, reniflait le jet et repartait queue basse et langue sèche. Il faut dire que ça puait fort.

Le village n'était plus le même et l'on avait perdu le rythme des jours.

Comme on vivait la tête en l'air pour se protéger de la pluie, tout le monde vit arriver la caisse. Tous les événements semblaient maintenant descendre du ciel. C'était une caisse énorme, en bois blanc.

Elle fit grand bruit en touchant le sol.

On tourna un moment autour de la caisse, se demandant ce qu'elle pouvait bien contenir. Le Chef en testa la résistance de l'extrémité de son parapluie. Cette caisse n'appartenait pas au village puisque le village ne l'avait pas commandée, pour autant elle se trouvait maintenant sur le territoire du village. Il serait mal de l'ouvrir puisqu'elle n'appartenait pas au village, mais il serait sage de l'ouvrir pour voir ce qu'il y avait à l'intérieur – ce pouvait être dangereux.

Le Chef donna donc l'ordre aux jeunes guerriers impatients d'ouvrir la caisse.

La caisse contenait la plus grande collection de casques jaunes jamais vue dans la nuit des temps. Il s'agissait de beaux casques en plastique, ajustables à la tête de chacun. Le Chef en sortit un et tapa du doigt dessus. Cela sonnait comme une forte calebasse. Il le posa sur sa tête et chacun constata la beauté du casque.

Un instant le Chef pensa que les casques étaient pour lui seul, mais il fut si rapidement bousculé par les villageois qui se précipitaient qu'il préféra penser que ces casques étaient pour tous et qu'il y en avait provision pour l'éternité du village.

À partir de là, tout le monde se promena avec son casque jaune vissé sur le crâne. Ceux qui portaient de longs cheveux les coupèrent pour faire place au casque. Ceux qui redoutaient la chaleur du soleil sur la coque de plastique mettaient au fond un peu d'eau fraîche.

Les guerriers étaient particulièrement heureux de se sentir protégés des coups de machette et rêvaient de pouvoir en découdre.

Le Conseil fit une palabre pour souhaiter la bienvenue aux casques. SAV fit tirer la caisse à l'écart et la fit reclouer.

Chamboula se sentait légère et joyeuse. C'était donc le moment rêvé pour avoir une discussion sérieuse et grave avec le Chef. Elle envoya un enfant le prévenir de sa proche arrivée et se fit belle de belle. Elle respectait le Chef et elle sentait qu'il était toujours un peu mal à l'aise avec elle. Trop de beauté à la fois, sans doute. Il se montrait maladroit et solennel, un peu brutal aussi, comme s'il redoutait ce qu'elle avait à lui dire. Elle se vêtit de façon modeste, cachant autant que cela était possible ses générosités.

Il l'attendait, assis sur son fauteuil, son fémur de lion à la main. Il la pria de s'asseoir devant lui. Ce qu'elle fit en baissant la tête en signe de soumission.

Ils parlèrent du temps qu'il faisait et de la saison des récoltes qui venait de commencer. Le Chef faisait tout cela selon l'usage mais il était en vérité bien impatient de savoir ce que Chamboula avait à lui dire.

– Et que puis-je pour toi, Chamboula ?

– Je voulais t'entretenir d'une matière délicate, répondit-elle. Il s'agit du village que je ne reconnais plus comme mon village et des gens que j'y vois désormais et qui ne sont plus mes gens.

– Et c'est toi qui dis ça ! Tu en avais pourtant le goût, de ces étrangers !

– C'est passé. « Celui-là seul qui goûte le fruit sait qu'il est gâté. » Ce que je voudrais te dire parce que tu es notre chef, c'est que je vais quitter le village et la ville que l'on construit autour. Quitter le bruit et l'agitation des hommes venus d'ailleurs ou transformés par la nouvelle vie et qui ne savent plus respecter la beauté. Pire encore, ils ne savent même plus la reconnaître.

– Et dans quel village ennemi vas-tu aller vivre, Chamboula ?

– Je vais fonder le mien, Chef. Avec ton respect. Et je voudrais des encouragements et de l'aide, nonobstant le malaise que mon départ va causer.

– Tu as perdu la raison, Chamboula. On ne fait pas un village comme cela. Il y faut des hommes, des femmes, des enfants et du savoir-faire.

– Je pense avoir tout cela.

– Il faut aussi une jolie forêt claire au bord de l'eau.

– Je l'ai.

– Il faut des ancêtres.

– J'ai les plus beaux.

– Il faut un lion qui vient boire.

– J'en connais un.

– Et il faut un Chef !

– J'en ai Une.

– Alors va faire ton village, et que tes ancêtres te suivent et te soutiennent.

Chamboula jugea que c'était trop. Si un petit malfaisant comme Kalou se permettait de venir lui ouvrir les fesses pour le bon plaisir, la fin du monde était proche. Elle mesura d'un coup toute la pourriture des changements, toute la nuisance des tumultes et toute la saleté de l'argent. Elle sentait une odeur de bataille, une odeur de jalousie. Le village craquait par ses nerfs. L'air frémissait et les nuages s'approchaient.

Elle voyait bien que le Chef n'était plus chef de grand-chose. On lui bourrait les poches pour qu'il s'achète des femmes qui étaient autrefois gratuites et pour qu'il se taise. On se jouait de lui et on se jouait du village.

Chamboula décida de le priver de sa beauté. Ainsi le village serait ce qu'il était devenu : voué à la laideur du monde et des vivants. Il serait un village d'ambitions importées, de mauvaise musique d'ailleurs, d'amour mal fait et d'argent facile. Un village où les voyous seraient chez eux et pourraient ouvrir les fesses de n'importe qui.

— Sans moi ! dit-elle.

Et elle commença à rassembler ses affaires.

Pendant la nuit, Boulot se glissa dans la petite cage de fer qui se trouvait au-dessus de la roue avant de l'avion. On lui expliqua à voix basse qu'il fallait se glisser bien au fond parce que, après le décollage, la roue viendrait se coucher à côté de lui. Ce serait la première fois que Boulot coucherait avec une roue. Il était heureux de cette nouvelle expérience. Il se glissa bien au fond et se fit aussi petit que possible. Il s'endormit.

Il fut réveillé en sursaut par un fracas terrible. Un bruit de tonnerre le contraignit à enfoncer ses index dans ses oreilles et sa couchette se mit à trembler en tous sens. Il décida qu'il était plus sage de descendre de ce lit étrange et de renoncer à coucher avec la roue. Il se redressa sur un coude et compris qu'il était trop tard : dessous lui, le sol défilait à la vitesse du jaguar et sauter serait un casse-cou.

Soudain, les tremblements cessèrent et Boulot put voir la roue et, derrière elle, les champs et les forêts et la savane qui défilaient et, ici et là, une ou deux cases, petites, de plus en plus petites.

Ensuite, la roue vint se coucher près de lui, les portes de la cage se fermèrent et il ne vit plus rien. La roue était glacée et il attendit avant de la prendre dans ses bras.

Il faisait grand frais. L'avion continuait de monter. Après un moment, Boulot eut très mal aux oreilles. Un peu plus tard, alors que le bruit s'était stabilisé et semblait devoir hurler toujours, il sentit un grand poids sur sa poitrine. La vie quitta ses pieds et ses mollets, quitta ses mains et ses bras pour ne plus chauffer que son cœur et un bout de sa tête. Il ferma les yeux et, dans un dernier geste, enlaça la roue qui lui donna un baiser glacé.

Lorsque l'avion amorça son dernier virage pour aller se ranger le long du corridor mobile qui devait aspirer les passagers, les garçons de piste constatèrent qu'un homme à moitié nu tenait la roue embrassée. Quand l'appareil fut immobile, que les cales furent glissées sous les pneus, ils s'approchèrent. L'homme était dur comme un tronc. Congelé.

Les armes arrivèrent par une nuit noire à ventre de croco. Cette technique avait été mise au point par les tacticiens de l'Internationale Violente. On introduisait dans le fleuve des crocodiles dressés par des militants. À l'aide d'une large sangle, on attachait une caisse d'armes sous leur ventre, et ils remontaient lentement le cours du fleuve, à longs coups de queue, jusqu'au point I, le point d'interception. Là, ils étaient débarrassés de leur charge, puis retournés dans le sens contraire et renvoyés à leur port d'origine avec une tape amicale sur la queue. Il s'agissait de crocodiles révolutionnaires, entièrement dévoués à la cause.

Kalou et les Rienfoutants récupérèrent le chargement, ouvrirent les caisses à la hâte et mirent les armes à sécher, debout contre les troncs dans le vent de la nuit.

Les munitions arrivèrent par le même chemin et mirent un peu plus de temps à sécher.

Pour les Rienfoutants, commença le dur temps des apprentissages. Il leur fallait apprendre de façon théorico-pratique le maniement d'armes, pour éviter à tout prix de se faire repérer en faisant du bruit et pour épargner les précieuses munitions dont on aurait besoin lorsque viendrait le Grand Jour. « Cela limitera également les risques d'accident », pensait Kalou.

La première séance de formation débuta par une bataille à coups de crosse dans la pénombre. Chaque Rienfoutant, persuadé que l'autre s'était emparé d'une arme meilleure que la sienne, saisissait son engin par le canon et dessinait des grands moulinets dans l'air noir. Au hasard des rencontres on entendait un os craquer, un coup sourd, un cri de douleur étouffé, une gifle.

Kalou laissa faire un long moment puis mit fin à la bagarre générale en démontrant que les armes étaient toutes identiques, ce qui en surprit plus d'un.

L'instruction commença alors par la position du tireur couché. Position qui soulagea tout le monde car chacun se sentait déjà bien fatigué. Chaque fusil pesait au moins cinq fois comme la traditionnelle machette.

On expliqua à voix basse à Boulot qu'il fallait se glisser bien au fond parce que, après le décollage, la roue viendrait se coucher à côté de lui. Ce serait la première fois que Boulot coucherait avec une roue. Il était heureux de cette nouvelle expérience. Il se glissa bien au fond et se fit aussi petit que possible. Il s'endormit.

Il fut réveillé en sursaut par un fracas terrible. Un bruit de tonnerre le contraignit à enfoncer ses index dans ses oreilles et sa couchette se mit à trembler en tous sens. Il décida qu'il était plus sage de descendre de ce lit étrange et de renoncer à coucher avec la roue. Il se redressa sur un coude et compris qu'il était trop tard : dessous lui, le sol défilait à la vitesse du jaguar et sauter serait un casse-cou.

Soudain, les tremblements cessèrent et Boulot put voir la roue et, derrière elle, les champs et les forêts et la savane qui défilaient et, ici et là, une ou deux cases, petites, de plus en plus petites.

Ensuite, la roue vint se coucher près de lui, les portes de la cage se fermèrent et il ne vit plus rien. La roue était glacée et il attendit avant de la prendre dans ses bras.

Il faisait grand frais. L'avion continuait de monter. Après un moment, Boulot eut très mal aux oreilles.

Il serra la roue contre lui et garda les yeux fermés. L'avion ne montait plus et ronflait d'une voix égale.

Un long moment plus tard, il sentit que l'avion tombait pour de bon cette fois. Il ne pouvait rien voir et il pensa que l'avion avait percé le rouge de la terre et s'enfonçait dans le Pays des Ancêtres. Boulot était heureux d'aller rejoindre ses grands-pères et le grand chasseur Tadoussa dont il connaissait l'histoire et l'histoire de l'histoire.

C'est alors que la porte sous lui s'ouvrit soudain et qu'il fut basculé au-dehors, tenant toujours serrée la roue entre ses bras. Il faisait grand vent. À travers ses yeux finement plissés, il constata qu'il n'était pas encore enfoncé dans la terre. Il constata aussi que la terre, dans ce monde-ci, était verte et point rouge – les ancêtres ne devaient pas trop aimer ça – et que cette terre approchait de lui à la vitesse de deux guépards affamés.

Il poussa un grand cri comme l'avion allait s'enfoncer pour de bon dans le Pays des Ancêtres. Mais il ne s'enfonça pas. Il se mit à rouler sur le sol comme un 4 × 4, puis moins vite qu'un guépard, puis vite comme une lionne, puis comme la gazelle, puis comme le cochon noir. Et il s'arrêta.

Boulot lâcha la roue et sauta sur la piste. Il était couvert de cambouis mais sur sa peau noire cela ne se voyait pas. Des hommes avec des bâtons rouges et des oreilles en couleurs se précipitèrent sur lui et il n'eut pas le temps d'armer sa sagaie.

Au terme d'une très longue marche, les Rienfoutants débouchèrent dans une clairière au cœur profond de la forêt. Pendant toute la nuit ils s'étaient enfoncés entre les arbres, accrochant leurs treillis aux épines, entonnant des chants guerriers qui s'essoufflaient vite, gémissant qu'ils avaient soif, qu'ils avaient faim, que leurs pieds étaient en bouillie. Ils se laissèrent tomber sur le sol et finirent de vider leurs gourdes.

Kalou leur expliqua qu'ils attendaient maintenant la visite d'un Chef Politique de l'Internationale Violente qui devait les inspecter et leur donner des instructions, que cette visite était, bien entendu, secrète et qu'ils ne devaient en aucun cas y faire allusion.

Ils somnolèrent. Le jour se leva. Ils mangèrent un morceau. Ils attendirent. Le soleil monta par-dessus les arbres. Ils s'impatientèrent. Ils entendirent le bruit de l'hélicoptère bien longtemps avant de le voir. Ils mirent une main sur la tête pour empêcher leurs chapeaux de s'envoler. Ils fermèrent les yeux pour que le tourbillon ne les emplisse pas de sable.

Lorsque le rotor s'immobilisa, la porte de l'hélicoptère s'ouvrit. Quatre hommes en descendirent. Deux commencèrent à décharger des caisses. Un autre resta près de la porte, sa kalachnikov à la main. Le dernier s'avança vers Kalou. Les Rienfoutants se mirent au garde-à-vous, le bâton sur l'épaule comme si c'était un fusil. Ils présentèrent les bâtons. L'homme leur fit un petit signe de la main et ils se mirent au repos. Il était blanc, portait un costume sombre, une cravate de ministre et un loup noir sur les yeux.

— Section Krocodile, nous avons des vivres et du matériel pour vous !

Il entraîna Kalou à l'écart.

— Le moral est bon ?

— Le moral est moyen parce que la vie est moyenne. Mais ils sont chaque jour plus nerveux et plus méchants. Ils deviennent même parfois si méchants que j'ai peur qu'ils s'entre-tuent, ce qui serait mauvais pour les effectifs de la section.

— Ils s'embêtent. Mais cela ne va pas durer, il va y avoir de l'action.

— Vous ne pourriez pas leur donner une petite formation politique, pendant que vous êtes ici ?

— Pas le temps, Kalou, pas le temps. Je dois être rentré pour le Conseil des ministres et pour aller voter la loi contre les ventes d'armes sauvages au Parlement.

— Le président va bien ?

— Très bien. Il m'a chargé de te donner ses instructions. Tu ouvriras l'enveloppe dès que je serai parti. Ensuite, tu jettes la lettre aux crocos. Pas de trace.

— Pas de trace.

Il retourna inspecter les hommes, qui se mirent en toute hâte au garde-à-vous. Il défila devant eux, la main tendue.

— Internationale ! cria-t-il de tous ses poumons.

— Violente ! répondirent-ils d'une seule voix.

Le plus difficile pour Boulot dans le travail des équations, c'était le frottement du caleçon et du pantalon serré entre les jambes. Le maître avait dit : « Pas de pantalon, pas d'équations. » Boulot n'avait pas immédiatement vu la sagesse mais il avait obéi. Et le pantalon lui frottait entre les jambes. Il portait également une chemisette à carreaux qu'il laissait ouverte sur sa poitrine.

Le maître avait pris Boulot sous son aile, trop heureux d'avoir enfin un vrai matheux, et avait décidé de faire de lui un bon élève. Pendant que ses camarades résolvaient des problèmes de balles perdues et de chargeurs à moitié pleins chez les rebelles de la forêt, Boulot galopait dans le monde abstrait des conjectures. Ce monde lui était familier comme la brousse. Il y était chez lui.

Le reste de l'univers lui était plus hostile : la jungle des langues, les buissons de l'histoire, les taillis de la géographie. Lui qui imaginait sans peine les grands nombres et leurs infinies combinaisons avait quelque peine à imaginer le vaste monde. Mais il s'efforçait de toujours bien faire, parce que le repas de midi était bon et donnait la force de recommencer l'après-midi, parce que le repas du soir était bon et donnait la force de dormir d'un trait noir.

En même temps qu'il apprenait les équations, il apprenait à tenir une fourchette, à jouer du balafon et de la clarinette, à dire bonjour à la dame, à courir dans son couloir sans mordre la ligne blanche et à sauter en hauteur sans faire trembler le fil.

Il apprit vite. Il dévora l'école, avala le lycée, toujours piqué par le maître. Lorsqu'il fut reconnu par tous qu'il était plus fort que le plus fort des professeurs, plus malicieux et plus susceptible d'apprendre davantage, on fut bien embarrassé. Qu'allait-on faire de Boulot ? Le renvoyer au Village Fondamental était impensable, trouver en ville un travail à la hauteur de ses capacités n'était pas imaginable…

Cependant que les grands pédagogues se posaient d'insolubles questions sur son avenir et interrogeaient à son sujet le bon père, l'imam et le féticheur, Boulot découvrait avec fraîcheur les petits plaisirs concrets de la physique et les délices bouillonnantes de la chimie. Il découvrait également les charmes de Maïssa, la fille du maître, à qui il enseignait les bonnes façons de la belle Chamboula.

Pour son bien-être intellectuel et pour la sécurité de toutes, il fut finalement décidé de l'éloigner.

— Tu es génial, lui dit sobrement le maître d'école. Sauvage comme un chat, mais génial.

Il prit un chiffon pour nettoyer le tableau. Boulot se précipita sur lui pour l'en empêcher, mais le mal était fait. Boulot sentit une boule se former dans sa gorge et eut du mal à se ressaisir. Comment pouvait-on effacer une si jolie conjecture écrite en gros sur un si beau tableau avec le crayon qui crisse ?

Derrière lui, les élèves menaient grand chahut et se moquaient de son costume, et plus particulièrement de ses fesses sur lesquelles ils avaient une vue panoramique et qui étaient rondes comme deux calebasses.

Le maître écrivit des chiffres et des lettres sur le tableau et demanda à Boulot ce qu'il en pensait. Boulot ne voyait rien d'autre qu'une équation triviale au troisième degré. Il se creusa la tête pour essayer de comprendre quel piège lui était tendu, mais il ne trouva rien. Il se désintéressa de l'affaire et regarda avec plus d'attention la boîte de craies. Il y en avait de quatre différentes couleurs. Ces craies étaient magnifiques et Boulot se rendit compte qu'il les avait déjà vues en rêve. Il se souvenait de la longue nuit où il s'était levé dans le noir parce qu'il entendait crisser les craies sur le tableau noir. Il croyait qu'il s'agissait de bêtes sauvages venues dévorer le village. Il savait maintenant que ce qu'il avait entendu était le bruit bienfaisant du savoir sur le tableau des connaissances.

Il s'empara de la boîte de craies, sauta par la fenêtre et disparut comme un éclair.

Chamboula retourna dans sa case, prit SAV endormi par les revers de sa blouse et le jeta dehors.

Il mit un moment à se réveiller et la regarda avec des yeux étonnés en se frottant le postérieur.

– C'est fini, lui dit-elle. Pars !

Il rit comme s'il s'agissait d'une mauvaise blague.

– Qu'est-ce qui t'arrive ?

– Rien, c'est toi qui pars.

Il entrouvrit sa blouse pour qu'elle voie la queue blanche et tous les bons souvenirs. Comme Chamboula avait encore des perles d'eau qui brillaient sur son cou et qu'elle était très appétissante, la queue blanche se trouvait dure et dressée. Chamboula fit dans sa direction un geste des deux doigts tendus qui voulait la maudire. SAV n'était pas superstitieux, mais il remballa très vite son trésor.

Chamboula lui montra le grand chantier et SAV s'éloigna, les épaules basses parce qu'il aimait toujours Chamboula d'un fort amour de sexe et d'étrangeté. Il aurait aimé en faire sa Reine pour de bon.

Les femmes sortirent sur le pas de la porte de leurs cases pour regarder passer SAV. Les hommes passèrent la tête au-dehors. Le Chef fut informé et la fierté revint immédiatement dans le village, comme lui était revenue la beauté.

D'un seul coup, tous les casques jaunes qui étaient dans la grande caisse de bois montèrent à une hauteur d'environ un mètre quatre-vingts. Sous eux se trouvaient les travailleurs. Ils portaient tous un habit orange avec des taches de graisse. Ils venaient tout juste d'arriver et la poussière levée par les camions n'était pas encore partout retombée. On leur construisait un village en tissu de l'autre côté du baobab, près du fleuve.

Ils se mirent en rang pour être présentés aux habitants du village qui se tenaient devant eux.

Tous étaient blancs et jamais on n'avait vu autant de blancs à la fois. Il n'y avait qu'un noir au milieu qui portait le même costume et que les habitants du village reconnurent aussitôt. Boulot était devenu travailleur. C'était donc le métier que l'on apprenait lorsqu'un matin on partait tout seul en douce pour aller à la ville. Les femmes le trouvaient beau dans son costume de soleil. Les hommes, eux, ne savaient pas trop que penser, car Boulot avait quitté le village sans rien dire et ce n'était pas la coutume. Il faudrait demander au Chef et aux ancêtres.

Contrairement aux bergers des chèvres, ceux-là ne portaient pas de bâton.

SAV les présenta et annonça avec une grosse voix

que l'on allait pouvoir commencer l'exploitation et que bientôt le village serait connu dans le monde entier, que tous ses habitants seraient riches et que la ville allait pousser comme un champignon.

Son discours laissa beaucoup de villageois perplexes. Il y avait ceux qui ne comprenaient pas et il y avait ceux qui commençaient à se demander comment cela allait se passer avec les femmes si elles étaient prises par le goût de la queue blanche elles aussi.

SAV fit un signe et les bergers se mirent au travail. Aussitôt se déversa sur le village un déluge de bruit qui ne devait plus avoir de fin.

Chamboula revint à la case sans urgence particu-
lière. Elle s'agenouilla au bord du lit où dormait SAV,
glissa la main sur son ventre par l'échancrure de sa
blouse et lui dit dans l'oreille :

– L'amour est parti.

SAV se retourna en grognant. Elle prit son sexe
dans sa main et le pressa doucement.

– L'amour est parti, dit-elle encore.

SAV se réveilla en sursaut, se redressa, alarmé.

– Que se passe-t-il ?

– L'amour est parti.

– Où ? Comment ?

– Il a quitté mon cœur. Il faut que tu quittes ma
case tout de suite.

– Je rêve.

– Non, il faut faire vite.

– Mais je…

– Pas de mais pas de je. Il faut partir.

– Mais mon amour à moi n'est pas parti.

– Non, c'est le mien.

– Pourquoi ?

– C'était le moment de son voyage. Pars.

Comme elle lui serrait le sexe de plus en plus fort,
sans cesser de sourire, SAV pensa que le moment

102

n'était pas idéal pour une négociation. Il se leva, se frotta les yeux et sortit. Il s'éloigna, les épaules basses parce que SAV aimait toujours Chamboula d'un fort amour de sexe et d'étrangeté. Il aurait aimé en faire sa Reine pour de bon.

Les femmes sortirent sur le pas de la porte de leurs cases pour regarder passer SAV. Les hommes passèrent la tête au-dehors. Le Chef fut informé et la fierté revint immédiatement dans le village, comme lui était revenue la beauté.

Il fut décidé que l'on allait faire la cérémonie de la première pierre. C'était la première fois que l'on faisait la première pierre au village et c'était même la première première pierre de toute l'Histoire, car on n'avait jamais vu de pierre aussi rectiligne ni dans le sol ni dans le fleuve. La coutume, que SAV et les bergers des animaux de fer expliquèrent, voulait que l'on pose la première pierre de la ville, qui serait la pierre en bas au coin de la maison du Chef. Le Chef était très honoré et regardait sa pierre avec gourmandise et respect. Cette pierre signifiait qu'un jour il quitterait sa case pour habiter dans une maison comme celles qu'il avait vues dans le catalogue. Le Chef aurait voulu que sa première pierre soit exactement placée devant sa case, mais on lui expliqua que de nouveaux puits allaient être creusés et qu'ils le seraient très précisément à l'endroit où se trouvait sa case et très précisément là où se trouvait tout le village. La ville serait donc construite un peu plus loin. Le Chef n'était pas très content parce qu'à l'endroit choisi par SAV il n'y avait pas l'ombre des grands arbres. SAV rit en lui disant qu'on lui mettrait la clim. Le Chef fit semblant de savoir de quoi il s'agissait. Et on posa la première pierre sur le sol. Le Chef recula de quelques pas et ferma un œil pour juger de l'effet produit. Il revint ajuster la pierre pour qu'elle se trouve dans l'axe du soleil à l'heure où le lion vient boire. Il imagina sa maison immense sous le ciel bleu et dit :

– C'est là.

On lui donna une truelle pour qu'il puisse fixer la pierre.

Au moment où il se penchait pour le faire, la pierre se souleva. Une main noire la poussait par-dessous. Le Chef recula. La pierre bascula et un ancêtre sortit des ténèbres.

– La première pierre sera celle du cimetière des ancêtres et elle sera à l'ombre.

SAV se réveilla en sursaut avec la sensation qu'on lui étranglait le sexe. Il se dressa sur son lit et constata que son pénis avait été ficelé pendant son sommeil. Il l'inspecta et retira l'anneau de chanvre qui l'enserrait.

Il connaissait suffisamment le village pour savoir qu'il s'agissait de magie. Il connaissait suffisamment Chamboula pour savoir que cela ne pouvait venir que d'elle. Il eut peur. Une peur incontrôlable. Il vit son sexe noircir et tomber. Il le vit enfler comme piqué par un essaim de guêpes, il l'imagina transformé en guimauve pour toujours. Il le vit s'épanouir comme un chou-fleur, il l'imagina lui jouant des tours pendables, se dérobant au moment crucial, s'exaltant aux pires occasions…

Il regardait ce petit anneau sans parvenir à percer le mystère de son pouvoir. Ce dont il avait la certitude, c'était qu'il ne pouvait s'agir que d'un pouvoir maléfique. Chamboula s'en prenait à la queue blanche. Il sentait bien que, dans son dos, le village tout entier faisait pression sur elle. Elle avait cédé et elle lui jetait le pire sort de toute la magie noire. Qu'était-il venu faire dans cette région ? Que faisait-il dans cette case ? Que faisait-il dans les bras sombres de Chamboula ?

Il se laissa glisser sans bruit au bas du lit et sortit de la case à quatre pattes. Dès qu'il fut dehors, il se redressa et courut se mettre à l'abri dans son chantier.

Chamboula n'était pas furtive dans ses déplacements et son bagage ressemblait davantage à une caravane qu'à un baluchon. Elle quitta le village à la tête d'une ligne de chameaux et d'ânes qui trimballaient un bric-à-brac coloré, susceptible d'équiper un village tout entier. Elle marchait devant sans regarder autour d'elle, mais en veillant bien à traverser chaque ruelle du village et chaque rue du chantier afin que son départ n'échappe à personne. Elle voulait retourner à une vie meilleure et elle voulait que cela se sache. Elle espérait ainsi susciter des vocations et embarquer avec elle quelques convaincues pour faire souche.

Quelques jeunes filles du village qui admiraient sa beauté et qui voulaient s'éloigner de leur famille trop pesante lui emboîtèrent le pas, à peine alourdies de leurs charmes et de leurs gris-gris.

Les ouvriers du chantier arrêtèrent le travail au passage des dames. Les villageois et les villageoises, sur le pas de leur porte, esquissèrent de petits signes d'adieu, pensant par-devers eux que le départ de la belle ne présageait rien de bon pour la communauté. Certains durent retenir leurs filles pour les empêcher de suivre le mouvement.

Dès que la lumière du jour déclina, quelques jeunes

hommes partirent dans la nuit sur la trace de la caravane, emportant leur lance et leur couteau de chasse, courant de toutes leurs longues jambes pour refaire le terrain perdu. Ils traversèrent une forêt, une lande, un fleuve, escaladèrent une dune et découvrirent, de l'autre côté, les femmes assises en rond autour d'un feu, dans une clairière au bord d'un lac qui reflétait des fragments de lune.

Chamboula leur parlait.

SAV s'éveilla en sursaut avec un épouvantable mal au sexe. Il regarda sous sa blouse et constata que son sexe en érection était étranglé par une bague de corde qui lui faisait un mal de chien. Il essaya de l'arracher mais cela augmentait encore sa douleur.

Chamboula vint se planter devant lui, une main posée sur la hanche. Elle arborait un sourire rassuré puisque sa magie avait protégé l'ardeur de SAV et que son sexe marchait encore.

SAV pensa qu'elle se foutait de lui et qu'elle venait, en plus, le provoquer pour renforcer son érection et sa torture.

– Qu'est-ce que tu as fait ? Tu es contente de ton travail ? Tu es folle !

Chamboula le regardait sans comprendre. Comment un homme à qui elle venait de sauver le sexe par une efficace contre-magie pouvait-il la traiter de la sorte ? Comment pouvait-il nier ses pouvoirs et ne pas la remercier de son efficace protection ?

– Donne-moi un couteau au lieu de rester piquée là à te moquer.

Chamboula prit le temps d'aller chercher son couteau. Elle se retourna d'un bloc et le lança à toute volée en direction de SAV. Le couteau vint se planter dans le bois du lit, entre les cuisses de SAV, à quelques millimètres de son sexe.

– Le voilà, dit-elle.

SAV, terrifié, s'en saisit et coupa le lien. Le nœud était si serré qu'une goutte de sang perla. Il poussa un grand ouf de soulagement et eut l'impression de retirer son sexe d'un étau. Il jeta au loin la cordelette.

Chamboula ne put en supporter davantage. Elle savait maintenant que l'homme se trouvait sous le pouvoir des forces noires et que, étant menacé, il la menaçait, elle.

Elle lui montra la porte.

Il la regarda sans comprendre. Elle le prit par les revers de sa blouse et le jeta dehors.

Dès qu'il fut sorti, elle chercha fébrilement dans la case et brûla tout ce qui lui avait appartenu ou qu'il avait simplement touché. On n'est jamais trop prudent avec les esprits.

Le Chef réunit immédiatement son Conseil pour une palabre. Il ne voulait surtout pas que le départ de Chamboula donne des idées à d'autres. Son angoisse profonde était de se retrouver chef de rien et de personne, seul dans son village déserté, seul dans sa ville nouvelle, au milieu d'inconnus qui pompaient, tiré par les pieds par des ancêtres furieux, prisonniers dans leur cimetière, qui lui demanderaient des comptes sur le sort de leur descendance.

Les sages considérèrent que le départ de Chamboula était une catastrophe pour la beauté du village. Ce fut un moment de grande tristesse accompagnée d'un long silence dans lequel le grincement des pompes sonnait comme un clair reproche.

– Tout est allé trop vite et Chamboula a raison.

– Les femmes n'ont jamais raison sur la vitesse du monde.

– Personne n'a raison sur la vitesse du monde. C'est la vitesse qui a ses propres raisons.

– Nous sommes maintenant *dans* la vitesse du monde.

– Mais ce n'est pas *notre* vitesse.

– Et si tous les villageois s'en vont ?

– Ils ne s'en iront pas parce qu'ils sont déjà dans le nouveau monde et qu'ils ont l'appétit du nouveau monde.

112

– Et qui allons-nous regarder passer devant nos yeux admiratifs, le soir, à l'heure de la lessive ? Qui ?

– Et puis il faut aussi nous dire, Chef, où passe tout l'argent que l'on te donne et qui était promis au village.

– Nous chercherons parmi les toutes jeunes filles du village celle qui sera sa Reine de beauté et nous la regarderons grandir.

– Il faut aussi nous dire pourquoi tu as acheté une quatrième femme.

– Il faut aussi me dire pourquoi mon terrain qui a été pris par les blancs ne m'a pas été remplacé par un terrain identique au bord du fleuve.

– Et qui habitera dans la case vide de Chamboula au milieu du vieux village ?

– Et qui habitera son nouvel appartement ?

– Avec quel argent ont été achetés tous ces bijoux ?

– Pourquoi il faut aussi voter pour avoir un président et un maire, Chef ?

– Chamboula a raison.

– Et si on partait tous rejoindre Chamboula dans son nouveau village ?

– Mais qui serait chef du village ?

– On dit que des filles l'ont suivie.

– Vous ne trouvez pas qu'il y a une mauvaise odeur ?

– Elle n'ira pas bien loin, foi de Sorcier !

– On nous avait promis qu'il n'y aurait plus de bruit, non plus.

– Les ancêtres ne disent rien. Ils bouillent sous le béton.

– Le temps passe comme les hommes et les hommes sont les hommes de leur temps.

– Pourquoi on ne branche plus les micros ?

– Surtout retenez vos femmes, retenez vos filles. Surveillez vos garçons.

– Faut-il se préparer à la guerre ?

– C'était 10 %, le montant exact ?

Le Chef fit un geste de lassitude et sa jeune femme l'aida à se lever.

Les Rienfoutants aimaient la viande. Munis de leurs armes, ils étaient donc toujours à l'affût de quelque antilope de passage qui leur fournirait de la viande fraîche. Une fois la bête abattue, ils la dépeçaient et la mettaient à griller à la broche devant un feu de branches sèches. C'était leur régal. Ils devaient seulement veiller à ce que la lionne ne vienne pas leur dérober leur proie à peine abattue. Ils s'étaient fait de nombreux amis parmi les chiens et leur petite troupe était souvent suivie d'une meute de clébards faméliques qui vivaient sur les reliefs de leurs repas.

Une fin de jour, un des Rienfoutants aperçut à contre-soleil une grosse antilope. « Un gnou ! se dit-il. De quoi manger pour trois jours ! » Il épaula et il tira.

Un grand cri s'éleva dans la brousse, un cri de détresse et de menace à la fois. Un cri qui ne pouvait pas être un cri de gnou.

Ils avancèrent doucement vers la bête abattue. C'était une vache, bien morte d'une balle au défaut de l'épaule. Auprès d'elle, en larmes et furieux, était agenouillé un berger qui en était sans doute le propriétaire.

En un instant il fut cerné par une bande hirsute et dépenaillée, armée jusqu'aux dents, menaçante.

– Ma vache ! gémissait-il. Ma seule vache !

Il se dressa, hors de lui, son bâton à la main. Il avait l'air si farouche que, instinctivement, les Rienfoutants eurent un mouvement de recul.

Kalou tira deux balles et le berger s'effondra sur sa vache.

Les Rienfoutants regardèrent leur chef avec un mélange de terreur et d'admiration.

Au terme d'un monologue dialectique, Kalou décida que le berger était un contre-révolutionnaire dangereux. On l'enterra sur place et on mangea sa vache, qui était délicieuse.

Entre deux bouchées, Kalou expliqua longuement les difficultés du métier politique à ses hommes qui avaient grand-faim.

Les menaces de paix se précisaient sur la zone puisque les Rienfoutants avaient subitement fait leurs bagages pour partir dans un pays voisin. Ils avaient reçu mission de s'y rendre en catimini pour soutenir les Frères de la Révolution, qui soutenaient Mogabe Kiki, l'ancien président du pays, qui avait été battu dans des élections truquées, qui était soutenu par la fraction équipée de l'armée mais qui se méfiait d'un jeune général ambitieux qui ne devrait pas tarder à avoir un accident, qui avait renversé son alliance avec les États-Unis pour se tourner vers l'Europe qui lui apportait une aide officieuse par le canal d'un pays voisin mais ennemi tout en l'enfonçant à l'ONU, qui subissait des pressions amicales de la Corée du Nord, qui touchait de grosses sommes d'argent de la Colombie, qui se plaçait sous la coupe commerciale d'une grande compagnie pétrolière qui, le moment venu, aurait l'exclusivité des recherches sur le territoire, qui négociait également avec une autre dans le dos de la première parce qu'elle lui assurait son approvisionnement personnel en Mercedes de toutes tailles, qui négociait avec d'anciens congénères de la Woodrow Wilson School for Politics les marchés de reconstruction de son pays qui ne manquerait pas d'être totalement ou partiellement détruit par la révolution sanglante et populaire qu'il allait lancer, qui envisageait de devenir empereur avec l'appui indéfectible de l'Internationale Violente à l'intérieur de laquelle il comptait d'indéfectibles amis d'enfance, du temps où son père était ambassadeur à Genève puis à New York.

Kalou était convaincu du bien-payé de la cause et n'hésita pas une seconde à ébranler sa poussiéreuse armada en direction du champ de bataille. La première mission était de guérilla urbaine, où les petits gars de la brousse faisaient merveille. Tous n'étaient pas maladroits au tir dès lors qu'on leur identifiait bien la cible. Et puis c'était un tel plaisir de pouvoir gaspiller les munitions sans compter. Leur vie était tout de même plus amusante que celle des travailleurs du village, qui pompaient, pompaient, pompaient.

Les garçons de piste tâtèrent le flanc de Boulot pour juger de la profondeur de sa congélation. De la dureté des chairs, ils déduisirent que c'était du cinq-étoiles et qu'il était vain de tenter de le décrocher. C'était le plus sûr moyen de le casser en morceaux, or les agents de l'immigration n'aimaient pas avoir leurs clandestins en pièces détachées.

Ils laissèrent donc Boulot enlacé à sa roue et eurent l'idée d'aller chercher le pilote, qui, après tout, était seul maître à bord. Par chance, il y avait encore un pilote dans l'avion, qui descendit sur la piste surmonté de sa casquette réglementaire à quatre galons d'or.

Le pilote regarda Boulot, tenta d'enfoncer le doigt dans son bras et jeta alentour quelques regards inquiets. Lorsqu'il fut certain que personne ne l'avait vu, il dit à mi-voix aux garçons de piste :

– Enveloppez-le dans du papier kraft. Restez autour, planquez-le. Je dois redécoller tout de suite, je vais le rembarquer. Je n'ai pas le temps de le laisser fondre et je ne veux pas rater ma rotation.

Se tournant vers Boulot, il ajouta en riant :

– Je te ramène au pays, fiston. Tiens-toi bien !

Les garçons de piste firent comme le pilote disait. On ne discute pas les ordres du maître à bord, surtout lorsqu'ils vous évitent les tracas du circuit officiel des immigrés clandestins.

Ils n'étaient pas très sûrs de l'état de santé de leur patient mais ils pensaient que la congélation conserve et que la seule règle est de ne pas briser la chaîne du froid. Ils hâtèrent donc les procédures d'embarquement et les procédures de décollage, bénissant la brise glaciale qui soufflait sur Roissy. Ils croisèrent les doigts pour que personne dans la tour de contrôle ne remarque la grosseur anormale de la roue avant.

À grands moulinets de bâtons rouges, ils firent reculer l'avion et le lancèrent sur la piste longue. L'avion fit son roulage à grosse cadence, son point fixe en un temps record et s'élança. À peine avait-il décollé que le train rentra comme par magie. L'affaire était entendue et Boulot retournait au pays.

Un timide soleil brillait sur Roissy qui réchauffa le voyageur clandestin. On aurait juré qu'il commençait à transpirer : une petite flaque s'étendait sous la roue de l'avion. Les garçons de piste entreprirent de lui donner une friction. Il eût été difficile de jurer que Boulot reprenait des couleurs puisqu'il en avait déjà, mais il semblait moins pâlichon, moins gris.

Les garçons de piste se concentrèrent sur ses membres, qui se ramollirent peu à peu. Bientôt ils purent le décrocher et le poser sur le sol au pied de l'avion.

C'est à cet instant qu'arriva la voiture bleue des services de l'immigration. Les ennuis arrivèrent avec elle.

Boulot fut saisi d'une terrible tremblote. Tout en lui cliquetait : ses genoux, ses coudes, ses dents, ses paupières. Un véritable homme-orchestre qui jouait tous les tam-tams de brousse à la fois. Les gendarmes crurent déceler dans sa rhapsodie un important message, l'homme était sans doute à la tête d'un important réseau de clandestins. Ils enroulèrent Boulot dans une couverture de survie dorée qu'il rejeta avec force. Ce fut le premier signe tangible de son retour à la vie après congélation. Il baignait maintenant dans une large flaque. Il se traîna sur le sol pour en sortir de peur de s'y noyer.

Dès qu'il fut capable de se lever, les gendarmes l'embarquèrent, bagage compris.

Boulot se retrouva dans une vaste pièce où il reconnut des noirs foncés comme lui qui attendaient tête baissée.

On s'occupa sérieusement de son cas en lui maintenant les mains dans le dos. On fit défiler devant lui quantité de gens qui s'adressèrent à lui dans des langues incompréhensibles en faisant des mimiques expressives qui n'exprimaient rien.

Il fut décidé qu'il était idiot et qu'on allait le remettre illico dans le même avion pour qu'il retourne au pays où les sans-papiers vivent heureux sans papiers.

On lui délivra un titre de transport et on le reconduisit à l'avion.

Il avait l'habitude de voyager dans le train d'atterrissage et fut tout étonné de se retrouver dans une longue case pleine de fauteuils où tout le monde se tenait serré. On l'assit au fond à côté d'un gendarme et on lui mit une ceinture bleue qu'il trouva fort jolie. Il reconnut le grand bruit de l'avion et les vibrations, mais comme étouffées. Il eut très peur d'avoir froid. Mais le froid ne vint pas. À sa place on lui apporta un repas compliqué, difficile à manger, assez mauvais, pour lui tout seul. Pas de casserole à partager. Il eut envie d'aller piquer des choses dans la gamelle du gendarme, mais c'étaient les mêmes que les siennes. Ensuite, il s'endormit parce que la journée avait été longue et que l'avion ronronnait comme le lion qui dort.

Boulot se retrouva dans une vaste pièce où il reconnut des hommes noir foncé, des demi-noirs et des blancs de toute blancheur comme il n'en avait jamais vu nulle part ailleurs.

On s'occupa sérieusement de son cas en lui maintenant les mains dans le dos. On fit défiler devant lui quantité de gens qui lui parlèrent dans des langues incompréhensibles en faisant des mimiques expressives qui n'exprimaient rien.

Il fut décidé qu'il était idiot et qu'on allait le remettre illico dans le même avion pour qu'il retourne au pays où les sans-papiers vivent heureux sans papiers.

Une sorte de tumulte se déclencha alors autour de lui. Forçant la porte, se précipitèrent des gens de la Coordination nationale, du DAL, de Pajol, du Collectif des sans-papiers et de la Ligue des droits de l'homme. Boulot ne put déterminer s'ils étaient vraiment d'accord entre eux, mais il était certain qu'ils n'étaient pas d'accord avec les gendarmes. Tout ce monde-là hurlait très fort. « Il faudra leur apprendre les règles de la palabre », pensa Boulot, qui aimait l'ordre dans le débat et qui avait bon cœur. Il nota qu'il n'y avait pas d'anciens dans le groupe et que c'était sans doute pour cette raison que tout le monde voulait parler à la fois.

Ce qu'il remarqua aussi, c'est que la dame de la Coordination nationale levait très haut le bras droit pour donner une force menaçante à son discours. Il n'eut aucune peine à se glisser sous ce bras levé et à se diriger tranquillement vers la sortie. Personne ne s'intéressa à lui.

Il visita Roissy 2, entra dans les duty-free shops, se livra à quelques exercices de calcul mental sur les objets qu'il découvrait et dont il ignorait l'usage. Regarda les blancs au nez pointu qui tiraient des boîtes à roulettes derrière eux ou les poussaient devant lorsqu'ils en avaient plusieurs.

À un moment, il sentit un peu de lassitude et s'accroupit contre un grand mur invisible qui n'arrêtait pas le soleil. Il s'assoupit.

Lorsqu'il se réveilla, la nuit était tombée dehors mais pas dedans et il constata que le monde était coupé en deux. Une partie à l'ombre et l'autre au soleil.

Un homme qui ressemblait au Chef se tenait accroupi devant lui. Il parlait dans sa langue et il l'invitait à prendre le métro avec lui. Il lui donna un ticket mauve et ils descendirent dans une pièce avec des fauteuils. Boulot reconnut le bruit et les vibrations mais, se penchant au-dehors, il constata que cet avion-là ne parvenait pas à quitter la terre obscure. Lorsqu'ils atteignirent la station Château-d'Eau, l'inconnu lui indiqua qu'il était arrivé et qu'il lui suffisait de monter l'escalier. Il l'abandonna là et poursuivit son chemin.

Un matin, un homme en blouse blanche qui portait un casque jaune sur la tête entra en coup de vent dans la salle de classe.

– On a trouvé du pétrole au Village Fondamental, expliqua-t-il au maître, il nous faut de la main-d'œuvre : des manœuvres mal payés, des chefs de chantier mal payés, des ingénieurs mal payés, des sous-chefs mal payés. Il nous les faut malins et, surtout, travailleurs.

Le maître dit qu'il avait cela en magasin. Parmi tous ses élèves, il appela ceux qui feraient de bons manœuvres mal payés et ceux qui feraient de bons chefs de chantier mal payés et il les fit sortir en rang dans la cour. Puis il appela Boulot.

– Celui-ci est capable de tout, expliqua-t-il au recruteur. Il sera un parfait ingénieur mal payé.

Boulot refusa de rentrer au village. Il en était parti et il ne voulait pas y retourner. Il voulait rester en classe, devant le tableau noir, à côté de la fille du maître, sa main gauche glissée entre ses jambes. Il voulait apprendre l'histoire de ses autres ancêtres et écouter le récit des guerres avec des avions. Il bouda.

Le maître prit le recruteur à part et lui parla à l'oreille.

Le recruteur vint vers Boulot et lui promit qu'il serait

moins mal payé que les autres mais qu'il ne devait pas en parler. Boulot bouda encore.

Le maître reparla au recruteur et le recruteur dit à Boulot que c'était la belle Chamboula qui souhaitait son retour. Boulot réfléchit.

Boulot fit sans problème son entrée à Paris par l'École normale supérieure. On lui donna une thurne rue d'Ulm. On le mit dans la classe de mathématiques. Il ne s'étonnait de rien. Lorsque le professeur proposait un problème, il calculait vite et s'ennuyait ferme ensuite.

Il ne comprenait pas très bien l'utilité du froid, du vent, de la pluie. Il s'encombrait de vestons, d'imperméables, de bonnets. Tout cela le gênait aux entournures. Il n'avait pas encore été saisi par les charmes du gris et les douceurs de la ville. Il regardait tomber la pluie par la fenêtre et se demandait quand elle s'arrêterait.

Son plus grand et seul bonheur était de rencontrer un problème vraiment difficile à résoudre. Là, il perdait le compte des heures. Souvent, quand le problème était long et compliqué et qu'il lui fallait accomplir un travail de mémoire, il accrochait les objets mathématiques dont il devait se souvenir aux cases de son village. Il posait une équation sur la porte du Chef, il glissait une hypothèse dans le chaudron de sa mère, il accrochait un résultat à la branche haute du baobab, juste sous le soleil.

À la fin du jour, à l'heure triste, il envoyait une carte

postale au village avec le portrait de la tour Eiffel. Il ne disait pas qu'il pleuvait parce que personne n'aurait compris, il ne disait pas non plus qu'il faisait beau parce que personne ne savait de quoi il s'agissait. Il ne disait pas qu'il souffrait de solitude parce que personne ne savait ce que c'était. Il écrivait que la tour Eiffel était comme la bergère des maisons de Paris et qu'elle était grande et le troupeau innombrable. Cela, tout le monde pouvait le comprendre.

Lorsqu'il était fatigué de les remplir de mathématiques, les soirées lui semblaient longues. Il lisait des livres sur l'histoire de son pays écrits par des hommes qui étaient d'ailleurs. Des livres de blancs qui racontaient les noirs. Parfois, un mot, une image, une sensation lui rappelaient le village et c'était comme si son cœur devenu froid allait éclater. Il devait sortir dans les rues de Paris, remonter son col, tirer son bonnet sur ses oreilles et marcher sur le sol dur des trottoirs. Souvent, les gens traversaient pour ne pas le croiser de trop près. Il avait l'air farouche et les gens de Paris n'aiment pas la couleur noire dans les reflets sombres de la nuit.

Boulot revint au village en serrant sa boîte de craies contre son cœur. Il protégea les craies des singes qui voulaient s'en emparer. Il les protégea des ignorants qui voulaient en manger. Il les protégea des perroquets qui voulaient en faire des perchoirs. Il les protégea des guerriers qui voulaient s'en peindre le visage. Il les protégea des femmes qui voulaient s'en maquiller. Il les protégea du désir qu'il avait lui-même de s'en servir tout de suite et d'écrire des chiffres sur les troncs.

Il fit à l'envers le voyage qui lui parut plus long qu'à l'endroit et il retrouva son village au bout du chemin qui part de la rivière entre les deux buissons.

On fit la fête de son retour. Chamboula le serra contre son cœur. Les enfants vinrent s'accrocher à ses jambes. Il raconta la grande ville et personne ne le crut. Il raconta l'école et il montra les craies. Il montra les traces blanches qu'elles laissaient sur ses doigts noirs mais il défendit qu'on y touche. Il avait des projets.

Quand la fête fut finie, quand il eut dormi son soûl dans la case de sa mère en serrant les craies sur son cœur, quand il eut mangé le manioc, il fit le projet.

Avec une petite équipe d'enfants, il abattit un arbre et découpa dans son tronc quatre planches de belle taille. Il les passa longtemps au feu pour qu'elles deviennent

dures et noires comme l'ébène. Quand elles furent
froides, il les attacha les unes aux autres et constitua le
premier tableau noir de l'histoire du village. Il l'accro-
cha au tronc du baobab qui faisait l'ombre et il invita
le Chef et le Sorcier à venir saluer de leur digne présence la première école du Village Fondamental. Le
Chef comprit que c'était là un grand moment dans
l'Histoire, mais il mit Boulot bien en garde :

– Tu enseigneras le respect des ancêtres et du Chef.
Tu n'enseigneras pas la science du Sorcier, qui appartient au Sorcier seul. Tu enseigneras aux enfants à être
ce que sont leurs pères et leurs mères. Tu leur enseigneras l'histoire immense du village et l'histoire des
légendes sur lesquelles on bâtit les cases. Tu laisseras
aux enfants le temps des récoltes et des chasses qui
ne s'apprennent pas au tableau noir.

SAV arriva sur le chantier et fut aussitôt entraîné par Boulot, qui était aux quatre cents coups. Il voulait impérativement lui faire voir quelque chose. La tour que l'on construisait à côté de la maison du Chef ne poussait pas droit. Elle penchait précisément du côté de la maison, la menaçant directement en cas de chute. SAV en fit le tour, prit du recul, plissa les yeux, sortit son crayon et fut bien forcé de constater que Boulot disait vrai. Vue sous un certain angle, elle penchait même terriblement.

SAV, heureux de trouver quelqu'un sur qui passer sa colère, fit appeler le contremaître, qui se trouvait être Grandes Cuisses.

– Tu as vu ta tour ? lui demanda-t-il en faisant la grosse voix.

– Bien sûr que j'ai vu ma tour.

– Et tu n'as rien remarqué, grand imbécile ?

– Non.

– Elle penche ! Elle penche, ta tour ! Voilà ce qu'il faut remarquer !

– Bien sûr qu'elle penche puisque je la fais pencher.

– Et depuis quand on fait pencher les tours ?

– Depuis que le Chef l'a demandé.

– Il n'est pas architecte, le Chef !

– Non, mais il est chef.

– Tu arrêtes immédiatement le travail.

– Il est arrêté. Tous les ouvriers sont à un meeting syndical.

– Qu'est-ce que c'est que ce foutoir ?

SAV para au plus pressé. Avant que la tour ne s'effondre, il demanda immédiatement audience au Chef.

Le Chef, qui se sentait de belle humeur, le reçut assis sur sa chaise dans son costume de grand apparat, son fémur de lion à la main. Ils parlèrent longuement, comme il est de coutume, du temps qu'il fait et du temps qui passe. Ils ne parlèrent pas de famille ni d'amour car le Chef sentait que c'était un sujet fâcheux. Ils parlèrent de la ville qui poussait comme un champignon, du cimetière des ancêtres qui était pratiquement fini et du grincement persistant des pompes à pétrole. Profitant d'un instant de méditation dans le discours du Chef, SAV en vint à son sujet :

– Cet imbécile de Grandes Cuisses a fait pencher la grande tour à côté de chez vous. Et il me soutient que c'est vous, Chef, qui lui en avez donné l'ordre.

– Parfaitement.

– Puis-je avoir l'honneur de savoir pourquoi ?

– Pour faire de l'ombre sur ma maison. Je veux que la tour penche doucement au-dessus de ma maison comme faisait le grand arbre au-dessus de ma case.

Les Rienfoutants avaient élaboré un plan, ou plus exactement Kalou avait élaboré pour eux un plan qu'ils étaient chargés de mettre en action. Il s'agissait de réunir les ouvriers pour leur expliquer qu'ils avaient tout intérêt à leur donner 10 % de leur salaire afin que la Milice Brigadière (c'était leur nouveau nom officiel) puisse faire l'acquisition d'armes à feu et soit capable, dans un proche avenir, de les protéger contre tous les dangers qui les menaçaient.

Le personnel, réuni en rond, écoutait les discours en hochant la tête. La Milice Brigadière avait fière allure dans ses uniformes dépareillés. Chacun des membres portait un long bâton durci au feu et pointu du bout. Le sous-chef de milice était chargé de réciter le discours qu'il avait soigneusement répété. Les ouvriers sentaient qu'il y avait dans ses propos un fond de bon sens guerrier. Il n'y avait pas de guerre à l'horizon mais chacun savait fort bien que la guerre est comme l'orage et qu'on ne la commande pas. Elle tonne. Et il vaut mieux être armé. Les ouvriers savaient aussi que la guerre fait mal. Il leur semblait vraiment rassurant de pouvoir envoyer la Milice Brigadière la faire à leur place.

Ce que les ouvriers de fraîche date comprenaient

moins, en revanche, c'était pourquoi ils devaient être protégés de leurs patrons. Il restait une éducation à faire, et comme le sous-chef ne se sentait pas très sûr de ses analyses, il battit en retraite sur ce point.

Pendant que cette réunion passait aux questions-réponses, Kalou, qui s'était tenu à l'écart et dont les brigadiers parlaient avec des ondes respectueuses dans la voix, cherchait SAV. Il voulait l'entraîner dans un coin pour lui parler d'homme à homme. Il le trouva perché, un marteau à la main, sur un insecte récalcitrant qui n'en finissait pas de gémir. SAV, qui ne parvenait pas à faire taire cet engin, accepta de le suivre. Il était d'une humeur de chien.

Ils avancèrent sous le couvert et, lorsqu'il fut bien certain de n'être pas entendu, Kalou put proférer solennellement sa proposition.

– Je suis mandaté, expliqua-t-il, par la Milice Brigadière, une force armée révolutionnaire, antenne régionale de l'IV.

SAV le regarda avec de grands yeux incrédules.

– L'Internationale Violente, reprit Kalou, qui me demande de vous tenir informé de ses recommandations. Elle souhaite recevoir de vous 10 % de tous les profits réalisés sur la zone. En échange, elle assurera votre protection et celle de vos équipes et elle vous garantira contre toute manifestation ou grève qui pourrait résulter des mauvais traitements que vous infligez à vos personnels recrutés locaux. Elle se contentera d'une réponse positive sous quarante-huit heures.

Le village était composé de cases rondes que l'on voyait très bien. Certaines étaient grosses, d'autres plus petites, certaines avaient une petite clôture, toutes avaient des poules devant.

En plus des cases, le village était composé de mille chemins invisibles que les villageois et les bêtes empruntaient chaque jour et chaque nuit. Ces chemins étaient plutôt courbes parce que le pas des hommes peut être nonchalant et que le pas des animaux est souvent courbé par l'odeur d'une herbe ou la rondeur d'une graine. Aussi parce que, en chantant, on marche comme le serpent joyeux et que le parcours le plus joli n'est pas forcément le plus court.

Il convenait également de tenir compte du chemin des ancêtres, qui avait la forme voûtée des ancêtres. Enfin, chacun suivait le chemin de son père, qui était un bout de sa maison, un bout de sa propriété, aussi précieux que la case, et qui pouvait s'enfoncer dans le paysage bien plus loin que le regard. On ne cessait de se croiser et de se recroiser et le village était un nœud.

SAV et les hommes en casque voulaient à tout prix faire le village à angles droits. À partir de la première pierre, ils traçaient des lignes raides qui seraient des rues, des maisons, des quartiers, des pâtés. Cela fit rire les villageois et le Chef expliqua que tous les pères et tous les fils ne pouvaient pas emprunter le même chemin, que les bêtes ne pouvaient pas tirer droit et que l'on avait bien du mal à faire entrer des fesses rondes dans une case carrée.

Mais l'endroit où la ville devait être construite fut bel et bien quadrillé. Chacun fut invité à rêver sur son carré, à imaginer la place du lit et du feu, la place des murs auxquels on se cogne et le trou des petites fenêtres par où l'on voit ce qui reste du monde.

Le Chef, qui avait vu les catalogues, n'avait pas de peine à imaginer son palais. Pour les autres, l'opération était délicate. Surtout pour les anciens. Le vieux sage Mamou affirma que tout cela était grotesque et bon à faire rire la savane et la forêt. Kalou haussa les épaules et jura que lui et ses hommes préféraient coucher dehors dans l'ombre des arbres plutôt que de rentrer dans des cases carrées.

SAV expliqua que tout serait beau comme dans le monde des blancs, qu'il y aurait de l'eau et du feu. Il eut davantage de mal à expliquer qu'il fallait au plus tôt vider les cases et les raser pour que puisse commencer le chantier d'extraction. Ce qu'il cherchait se trouvait juste sous les cases et il avait hâte d'effacer du monde un vieux et solide village dont la terre avait été durcie par mille pieds d'hommes et mille pattes de bêtes, noircie par mille feux, parfumée par mille bouillons et mille poulets au piment.

Le Chef apostropha Doigts de Liane.

— Es-tu heureux de tous les bricolages que tu pourras faire dans cette nouvelle ville ? lui demanda-t-il.

— Je n'ai pas les doigts assez carrés.

— Oui, mais tu auras une perceuse.

— Elle me percera le cœur.

Chamboula voulait que son village épouse la forme d'une fleur qu'elle avait vue en rêve. Il s'agissait d'une sorte de marguerite géante, à longs pétales réguliers. À l'extrémité de chaque pétale se trouvait une case avec un jardin devant. Chaque case était occupée par une fille et sa case à elle, la plus grande, se trouvait au centre, là où était le cœur de la fleur. Chamboula se sentait ainsi le pistil du monde et d'un coup d'œil circulaire pouvait s'assurer que tout allait selon son désir.

Elle décida de poser sa fleur dans une vaste clairière au bord du fleuve, protégée par une dune. Elle en traça soigneusement les contours sur le sol à l'aide d'un bâton et distribua les pétales aux jeunes filles qui l'avaient suivie. Ensemble, elles construisirent les cases, riant et rêvant beaucoup. Elles plantèrent les premières fleurs, les premiers légumes et les premiers arbres à fruits.

En quelques mois, le village marguerite ressemblait à une grande fleur de fleurs et Chamboula pouvait être fière de son nouveau séjour. Le vent passait par-dessus le fleuve et arrivait doux comme une caresse au-dessus de la marguerite. Il était bon pour les plantes, il retroussait les plumes des poules et on mangeait bien au village.

Lorsqu'elles eurent un peu moins de travail, les filles commencèrent à regarder les coqs avec un rien de gourmandise, même si elles n'aimaient rien tant que s'étirer le matin seules dans leur grand lit.

Chamboula leur racontait des histoires du vieux village et partageait avec elles tous ses secrets de beauté, qui étaient nombreux. Chacune à son tour elles passaient dans le jardin de Chamboula, s'asseyaient sur une chaise et se faisaient faire la Beauté.

Chamboula enduisait leur visage de boue du fleuve, répartissait des légumes en tranches sur leur front et leurs joues, chantait des messes de charmes et rendait chacune plus belle que la beauté possible.

Chamboula défilait pour elles. Elle leur montrait comment retrousser le boubou, comment pousser sur le côté un peu de fesse pour faire le signe du plaisir, comment porter haut la tête et porter haut les cheveux sur le crâne. Ensuite, lorsque le soir tombait, elles se plaçaient toutes assises l'une derrière l'autre, selon une chaîne, et se tressaient les unes les autres pendant que Chamboula leur racontait comment elle avait connu l'amour avec le grand chef Tassou le jour de ses dix ans. Comment il l'avait prise avec gourmandise et comment il lui avait donné une grande douceur qui avait fait d'elle la plus belle femme de l'histoire des femmes.

Elle racontait aussi comment elle avait eu mille hommes et comment elle en avait refusé dix mille. Quand elle racontait la forme des queues elle faisait rire les filles, qui s'arrêtaient de tresser pour mieux l'écouter.

En vérité, même s'ils avaient un peu de mal à l'avouer, les gens du village ne savaient pas très bien ce qu'était un cimetière. Ils ne voyaient pas vraiment la nécessité de mettre leurs morts dans des cubes. Les morts avaient depuis toujours leur place sous la terre, mais sous *toute* la terre. Ils pouvaient aller et venir sans entrave et se trouvaient libérés de tout tracas de demeure. L'idée de leur donner un cube, à laquelle SAV semblait tellement tenir, ne correspondait à rien. La seule exception était l'ancêtre gelé couché en plein jour, que l'on visitait avec les enfants et qui restait comme une bûche froide.

Le Chef se méfiait et le Sorcier se méfiait encore davantage. Ils savaient tous deux qu'on ne joue pas avec les ancêtres. Ils redoutaient les colères et les retours de bâton.

Le Sorcier expliqua que les blancs voulaient voler le territoire des morts et qu'ils voulaient s'y installer à leur place. Leur idée consistait à parquer les ancêtres dans une ville souterraine faite de cubes obscurs pour pouvoir aller et venir à leur guise dans le vaste monde des ombres. Cette idée allait apporter au village la haine des défunts, qui ne tarderaient pas à venir tirer le vif par le pied, hanter les cases, engrosser les jeunes filles et couper la sagaie des guerriers.

Le Chef, qui rivalisait avec le Sorcier, ajouta que les blancs voulaient aspirer l'âme noire et gluante des morts, faisant pleuvoir les vieux malheurs en gouttes sur le village et libérant ce qui chez les ancêtres est sombre. Mille lunes de malheur se profilaient à l'horizon.

Mais comme le Chef avait très envie d'une Mercedes et des 10 % sur tous les produits à venir, on le sentait partagé. Le Chef était souvent partagé, comme tous les hommes de grand appétit.

Ce fut Boulot qui trouva la solution. Il bavardait depuis un moment avec Doigts de Liane et ensemble ils étaient parvenus à imaginer une conduite à tenir.

– Sauf votre respect, Chef, suggéra-t-il, il me semble qu'il existe une solution à notre problème. Il serait très sage d'accepter le cimetière et, ensuite, de ne point y mettre nos morts, de bien veiller à les tenir à l'écart et à les laisser aller leur chemin de morts.

– À quoi bon faire un cimetière alors ?

– Pour faire la paix. Il faut faire mine d'accepter, et je ne saurais trop vous conseiller, si je puis me permettre, de vous montrer très pointilleux sur l'aménagement du cimetière, d'être très exigeant et même, si j'ose, un peu emmerdant au besoin.

– Le Chef n'est jamais emmerdant, dit le Sorcier, obséquieux.

– Je peux faire semblant de l'être, affirma le Chef en se grattant le crâne.

Chamboula parla longuement aux filles de son projet de faire un village avec elles, un village qui vivrait à leur rythme, qui n'aurait pas d'autre contrainte que celle des saisons et des lunes. Un village où elles devraient travailler dur pour faire pousser les légumes et pour faire grandir les bêtes. Un village sans homme. Un village de pure beauté.

Les filles l'écoutèrent avec respect et posèrent des questions pour savoir comment elles auraient la semence et les premières bêtes qui donneraient vie aux bêtes suivantes. Comment elles passeraient les soirées lorsque le soleil serait couché. Comment, dans leur grande beauté, elles vivraient la pleine lune.

Chamboula les assura que tout irait bien et qu'elles vivraient en paix et en bonheur, mais elle ne leur donna pas de détails précis sur le comment. Elle leur demanda de fermer les yeux et de sentir le vent du soir qui venait perler leur peau. Elles fermèrent les yeux.

Lorsque, quelques minutes plus tard, elles les rouvrirent, elles étaient cernées par la horde hirsute des Rienfoutants. Ils se tenaient en cercle autour d'elles, se battant la paume du plat de la lame de leur machette. Dangereux comme la bêtise. Menaçants.

Kalou, leur chef, s'approcha de Chamboula. Il était

grand et la dominait de toute sa hauteur. Il lui posa une main lourde sur l'épaule.

– Ne résiste pas, lui dit-il, ne m'oblige pas à toucher à la Grande Beauté. Ce serait sacrilège. Je suis en mission avec mes hommes. Le village ne veut pas se passer de vous. Le Chef nous a payés très cher pour que nous marchions dans la nuit et que nous venions vous chercher. Ne nous griffez pas, ne vous ruez pas sur nous. Dans un combat de femmes, nous avons perdu d'avance.

– Tu es un méchant garçon, Kalou. Je t'ai connu bébé. Je t'ai porté dans mon dos quand ta mère était lasse. J'ai connu ton père qui était un bon chef et le père de ton père qui était un grand guerrier, et le malheur est venu sur eux puisqu'ils t'ont engendré en petite hyène sans âme. C'est dommage parce que tu as leur feu dans ton regard et leur adresse aux armes. Tu as la beauté douce de ta mère et pourtant tu es un renard.

Elle prit un long temps pendant lequel elle regarda les filles une à une comme pour se faire pardonner d'avance la décision qu'elle allait prendre.

– Nous allons te suivre pour que tu ne fasses pas couler le sang des femmes. Tu en es capable. Nous allons rentrer avec toi au village calmement dans la nuit, mais, le moment venu, tu feras exactement comme je te dirai. Tu obéiras.

Les filles se levèrent et se regroupèrent instinctivement, tel un troupeau de chèvres sous la menace d'orage. Les garçons les encerclèrent et ils se mirent en route vers le village. Ils marchèrent dans la nuit à pas de lune, en complet silence, dans le cliquetis des armes qui leur battaient les flancs.

Dans la forêt sombre qui tient le village en son abri, Chamboula les fit arrêter. Elle demanda aux filles de se décoiffer et de mettre le plus grand désordre dans leur tenue. Elle exigea que chaque homme encercle une fille par la taille de son bras gauche et la porte ainsi jusqu'au centre du village. Elle demanda aux filles de pousser les hauts cris.

Elle se passa sa propre ceinture autour du cou et pria Kalou de bien vouloir la tirer jusque devant la case du Chef. Et elle se mit à hurler le chant terrible des lionnes.

Et la vie reprit comme avant.

Rien n'est plus délicieux que l'odeur des femmes. La forêt s'en trouvait pleine depuis que les filles avaient quitté le village, le laissant triste et silencieux.

Le jeune Mamadou, qui était un bon chasseur, suivait leur odeur à la trace. Nez en l'air, il faisait mine de flâner en forêt, son long bâton de berger à la main, mais en vérité il poursuivait sa proie avec le flair du grand fauve. Les filles étaient passées par là. Il en était sûr. Il y avait du Chamboula dans l'air, et puis cinquante nuances mélangées comme cinquante filles aux cinquante parfums. C'était ténu, fragile, mais il y avait largement de quoi lui dilater les narines et lui faire battre le cœur. Des épices, de la fleur, de la sueur. L'odeur douce des rires et des chansons.

Parfois il s'engageait sur une fausse piste, au détour d'un chemin l'odeur se faisait plus fine, se mélangeait de sable et d'eau dormante, s'effaçait devant le lion, le gnou. Il revenait alors sur ses pas et reprenait avec patience son travail de trace.

Soudain, il était sûr qu'une des filles s'était arrêtée là, qu'elle avait pris un moment de repos, qu'elle avait posé un instant son bagage qui lui sciait la main. Il le sentait. Il sentait son parfum qui stagnait, la chaleur de son corps, l'échauffement de sa main, la fine touche poussiéreuse du bagage qui tombe sur la terre battue. Il était sur la voie.

Lorsque la forêt laissa place à la savane rase et au sable, Mamadou se fit plus petit pour se fondre dans l'ombre des arbustes. Le jour baissait et il serait bientôt protégé par la nuit. Les odeurs étaient moins nombreuses que sous l'abri des arbres, et le vent jouait à les gommer, à les étirer jusqu'à les briser. Souvent Mamadou devait interrompre sa marche pour retrouver la trace fine.

Il parvint au pied d'une immense dune. L'odeur avait soudain disparu. Il regarda en tous sens, leva le nez au ciel et décida d'escalader.

Le sable glissait sous ses pieds et chaque pas lui coûtait la moitié d'un. Son bâton s'enfonçait dans le sable, ses mains glissaient sur le sol. Il ne sentait plus que l'odeur poudreuse des grains. Lorsqu'il parvint au sommet, il faisait déjà sombre. Il sortit la tête au-dessus de la dune et fut récompensé par le plus beau concert d'odeurs qui fût jamais monté vers lui. Elles étaient là. Leurs odeurs étaient immobiles, fortes, chaudes.

Il se coucha sur le ventre et découvrit en contrebas, dans cette sorte de clairière protégée par les dunes et le fleuve, le village des femmes. Il était disposé comme une fleur, avec une case à l'extrémité de chaque pétale et une plus grande au centre, et dans chaque case il y avait une fille.

– La démocratie, expliquait Kalou à ses hommes, c'est la manière de faire ce que l'on veut en faisant croire au peuple que l'on fait ce qu'il veut. L'art démocratique est difficile, car il faut être grand menteur. Il faut avoir la parole longue et vague pour toujours pouvoir l'entortiller sur elle-même et lui faire dire le contraire de ce qu'elle dit. Le mieux est de faire de la parole vide qui a l'air pleine.

« L'autre difficulté de la démocratie est qu'il y a un monde fou et qu'il est souvent difficile de tuer son rival sans que cela se sache. En démocratie, le peuple a un peu moins peur et ce n'est pas bon.

« En chefferie et en royauté, on fait ce que l'on veut en disant au peuple que c'est le mieux pour lui et en lui interdisant de dire le contraire. C'est confortable et on peut frapper pour l'exemple et pour l'éducation. On peut durer, vieillir et donner la couronne à son meilleur fils.

« En empire, on fait ce qu'on veut. On se fout de tout, on se gave, on s'empiffre et on massacre. C'est confortable. Il faut seulement veiller à baisser la tête pour ne pas prendre un mauvais coup par-derrière. Les mauvais coups ne viennent pas du peuple, qui serre les fesses, ils viennent des amis et des proches, qui veulent s'empiffrer davantage. Le meilleur moyen de rester au pouvoir, c'est de laisser les fidèles s'empiffrer aussi. C'est le système des cadeaux. Il faut deviner ce que les gens aiment et toujours donner d'une main en gardant la machette dans l'autre main.

« Dans tous les cas, il faut manœuvrer avec les riches du Nord. Jouer au nègre, faire le bon nègre ou le nègre fou, se comporter comme ils aiment qu'on se comporte et pomper le maximum d'argent. Dès qu'on a pris de l'argent à l'un il faut vite aller en prendre à son pire ennemi. Il est donc important de savoir qui déteste qui au moment M. La politique étrangère est un métier difficile.

« Nous, à l'Internationale Violente, nous nous foutons des empereurs, des rois et des présidents. Surtout, nous nous foutons du peuple. C'est notre grande force. Nous donnons des coups et chaque coup a son prix. Nous ne serons jamais sans travail. En vérité, le monde nous appartient. Il n'existe pas de bon côté et de mauvais côté. Le seul mauvais côté c'est celui du canon et de la lame, aussi, restons toujours du côté de la crosse et du manche.

« Soyez musclés, soyez vifs, soyez violents, mais chassez de votre cœur la méchanceté. Elle n'est pas de mise dans notre monde parce que derrière elle se cache la bonté, qui est pire encore. Tuez sans haine et sans conscience et faites-vous payer en bon argent.

Lorsque Kalou parlait, les Rienfoutants en profitaient pour faire une petite sieste rêveuse. Ils avaient l'estomac plein, la politique n'était pas leur fort et la voix énergique de Kalou les berçait vers ailleurs.

Beaucoup s'envolaient vers le pays des filles. Ils imaginaient un village perdu au milieu de la forêt, à quelques pas du fleuve, où ne vivaient que des filles. Ils s'y glissaient à la nuit tombée et ils étaient accueillis comme des princes. Ils posaient les armes et venaient au plaisir. Les filles avaient tout le temps et elles caressaient longuement leurs jambes fatiguées avant de promener sur eux leurs lèvres chaudes.

Toutes savaient aimer comme aimait Chamboula, avec la plus grande science de l'amour, la main la plus juste et le sexe le plus brûlant.

D'autres rêvaient de toujours davantage de batailles, de plus de mitraille et de bruit. Leur sieste était traversée de spasmes, leurs paupières tremblaient, leurs mains se crispaient sur le manche de leur machette. Ils se rêvaient plus courageux, plus forts, débarrassés de cette boule qui pesait sur leur estomac au moment de la bataille. Ils rêvaient de pillages plantureux, de festins dans les clairières, de prisonniers à genoux qui les suppliaient.

D'autres rêvaient de nuits paisibles sans terreur, sans canon, sans le sifflement des balles. Des nuits d'enfance et de douceur. Des nuits dans le murmure du fleuve et dans le souffle tiède du vent dans les arbres.

Seul Bami, dans son coin, gardait les yeux grands ouverts. Il n'avait pas à les fermer pour connaître les détails de son rêve. Il serrait contre lui sa boule de chiffons ficelés et rêvait de Chelsea et de l'Association sportive de Saint-Étienne. Il rêvait qu'on lui apportait un maillot neuf avec son nom écrit dans le dos. À chaque match il enfilait des bas propres avec une virgule dessinée dessus. On lui donnait du dopage moderne et il marquait tant de buts. Il avait des fans hystériques, une Bentley tunée, une femme blanche. À la trêve, il revenait au pays en avion, pour fonder une école de foot. Pour la Coupe du Monde, on lui confiait le brassard de capitaine de l'équipe nationale. Il gagnait en un but ce que son père gagnait en une vie et il marquait mille buts car il était le meilleur buteur.

Lorsque les hommes de l'aéroport rapportèrent Boulot gelé au village, le Chef décida de faire une grande fête chaleureuse pour le rendre à la vie.

– Frotte l'homme gelé, tu le verras fondre, dit-il dans sa grande sagesse.

On mit Boulot au soleil bienfaisant du village et les femmes vinrent se placer autour de lui pour lui chanter la chanson de l'homme gelé. Elles veillèrent bien à souffler leur haleine enchantée sur son corps pétrifié.

Le Sorcier aspira par le nez une longue bouffée de piment qu'il souffla par la bouche sur le visage de Boulot.

Le soir venu, on alluma un anneau de feu autour de lui et on dansa les danses de sueur pour que le frais de la nuit ne vienne pas le saisir.

Au petit jour, Chamboula s'approcha de la civière sur laquelle il reposait et lui posa les mains sur le visage. Il était froid comme la mort, mais elle sentait à l'intérieur de lui une petite étoile qui trouait sa nuit. Elle quitta son boubou et vint s'allonger délicatement sur lui pour ne pas lui briser les os. Elle le couvrait tout entier comme une large couverture.

Tous les hommes du village firent cercle pour ne rien rater du spectacle des fesses de Chamboula. Elle resta longtemps immobile, disant dans l'oreille froide de Boulot les mots de chaleur que disent les femmes chaudes. Au bout d'un long moment, elle se leva, toute traversée de frissons glacés, et s'enroula dans sa robe devant le grand feu.

Le Chef s'approcha de Boulot, qui restait de glace. Il se pencha sur lui et souleva son pagne.

– Il bande ! constata-t-il dans un large sourire.

La queue était dure mais chaude et, à partir de là, la chaleur reprit possession de Boulot, ses couilles rougirent, son ventre, ses fesses, ses cuisses, son torse. Il revint lentement à la vie tiède. Il s'assit sur sa civière et demanda où il était.

Le Chef lui demanda d'où il venait et il ne se souvenait de rien.

– Ses souvenirs sont encore gelés, suggéra le Sorcier. Laissons la chaleur lui monter à la tête.

L'amusant dans la révolution, c'est le moment où l'on en arrive au combat à la machette. On a épuisé les Katioucha, les spumantes, les balles doum-doum, les graines de kala, la grenaille des Uzi, et on se retrouve au corps à corps, au milieu des cadavres, de la poussière, des blessés qui hurlent, des marmots en haillons qui cherchent leur mère, des gravats. L'odeur de la guerre décuple vos forces : un bon parfum de poudre, de sang frais, de pourriture, de gangrène, de culotte merdeuse, de terreur. Ici on marche sur un bras sans corps, là on remarque un sein posé sur un moellon. On est les deux pieds dans la révolution.

Kalou est à son affaire. Ce moment-là est *son* moment. C'est pour cela qu'il est Kalou, c'est pour cela qu'il est le Chef. Il est sans pareil à ce point de la bataille. Il tire la machette de sa ceinture et c'est comme s'il se mettait à danser.

Kalou possède une des plus belles collections de machettes du pays. Des machettes au fer épais, au manche riveté, des machettes de la Manufacture de Saint-Étienne. Il passe le plus clair de son temps de paix à les aiguiser. Il porte sur lui une série de pierres au grain de plus en plus fin avec lesquelles il polit et repolit ses lames pour en faire des rasoirs.

Lorsqu'il entre dans la bataille, c'est avec le sourire. Il vise toujours aux doigts. D'abord les doigts de l'adversaire, fauchés tous d'un coup sec avec le sang qui gicle cinq fois ou cueillis un à un sur le mode de l'effeuillage des pétales : « Un peu, beaucoup, passionnément, à la folie. » Ensuite, c'est selon l'inspiration du moment : le poignet qui tient la main blessée, la jambe qui se tend pour une menace, le buste qui se redresse. Enfin, lorsque les cris de douleur deviennent trop insupportables, il abat son arme sur le crâne, l'ouvrant en deux comme une calebasse, laissant couler la cervelle, l'intelligence, le sang et les rêves dans la boue du chemin.

Kalou ne croit pas au monde meilleur qui viendra après la révolution, c'est sa façon à lui d'être révolutionnaire. Il fait la révolution parce qu'il sait la faire et parce qu'elle peut rapporter gros.

Ce dont il est convaincu en revanche, c'est que pour faire la révolution il faut se garder à droite et à gauche, avoir un œil dans le dos et toujours viser les doigts de l'adversaire.

Un jour il faut casser les têtes d'un village au complet, un autre jour il faut briser une race entière.

Mogabe Kiki devint le chef de la Révolution populaire en treillis le lundi, puis il devint le roi en couronne le samedi. Il préférait attendre pour devenir empereur, car cela serait l'occasion d'une très grande fête pour laquelle les amis étrangers feraient venir Madonna en compagnie de tous les chefs d'État.

Kalou perdit une douzaine d'hommes dans la bataille et gagna deux grosses mallettes.

Des hommes de l'aéroport rapportèrent Boulot au village. Ils le charriaient sur un brancard porté par quatre épaules, comme on le fait parfois aux morts.

Ils posèrent Boulot au centre de la place et on se pressa autour de lui.

Le Chef constata que c'était bien Boulot et constata aussi qu'il était raide et froid. Il était froid d'un froid que l'on n'avait jamais senti dans cette région des tribus, un froid profond qui n'était pas le froid des ancêtres, qui n'était pas le froid de la mort. C'était un froid cassant et on fit attention à ne pas toucher Boulot pour ne pas risquer de lui briser les os.

Il fut décidé que l'on mettrait Boulot au soleil jusqu'à l'heure du soir et que personne ne ferait cercle autour de lui pour lui éviter les désagréments de l'ombre.

Lorsque le lion vint au village, le Chef pensa qu'il était l'heure d'aller le voir. Boulot était intact dans sa raideur. Son visage était contracté et aucune goutte d'eau sous lui ne signifiait son dégel. Le Chef posa la main sur son front et dut bientôt la retirer tant le froid de Boulot était contagieux.

Le Sorcier, convoqué, souffla le chaud sur le froid et, n'obtenant pas de résultat, jugea que la situation était grave. On fit autour de Boulot un feu que les chasseurs entretinrent pendant toute la nuit. Boulot resta prisonnier dans sa gangue de glace.

Au lever du jour, le village entier vint voir Boulot pour le plaindre. Le chant des hommes glacés monta dans le ciel. Les chanteurs se tenaient à genoux devant le corps pour que leurs haleines lui apportent la chaleur de la musique. Rien n'y fit.

Le Chef dit une sagesse avant le dîner :

– « L'homme part mou et chaud et revient dur et glacé. »

Une palabre eut lieu pour savoir ce que l'on devait faire de Boulot. Les sages du Conseil décidèrent de ne pas le considérer comme mort et de ne pas le placer chez les ancêtres. Ils avaient peur que les ancêtres ne prennent froid et ne s'irritent contre le village. L'ombre noire de leur demeure était déjà une assez lourde peine.

Le Chef et le Sorcier, qui avaient posé la main sur le front de Boulot, craignaient la contagion. Il fut donc décidé que Boulot serait laissé sur son brancard au soleil, mais à l'écart du village.

Il fut tiré là et resta de pierre. Lorsque les enfants devenaient assez grands pour comprendre les mystères du monde, le jour de leur initiation, on les menait voir Boulot. Vingt ans après, ils se souvenaient encore de ce jour où on les avait emmenés voir la glace.

Lorsqu'il sortit du métro Château-d'Eau, Boulot reconnut ses frères penchés par-dessus la rambarde et en déduisit que les gens de Paris ressemblaient à ceux du village. Ils criaient fort.

Ils regardèrent Boulot, firent un cercle d'amitié autour de lui pour que personne ne puisse voir ses fesses et pour que la police ne vienne pas l'arrêter à peine arrivé. Un grand gaillard nommé Gaston de Paris le monta dans sa chambre et lui prêta un pantalon et une chemise chamarrée qu'il devait porter par-dessus. Il lui expliqua que c'était le meilleur moyen de passer inaperçu. Boulot eut du mal à comprendre pourquoi on ne devait pas l'apercevoir puisqu'il était là, mais Gaston lui expliqua que désormais il était clandestin et qu'il comprendrait très vite ce que cela signifiait. Une sagesse locale disait : « Clandestin crève la faim. » Une autre disait : « Boulot de noir, boulot noir. » Il proposa donc à Boulot de devenir chasseur clandestin au noir.

Tout se passait comme au village : les hommes partaient chasser et les femmes travaillaient sur place avec les enfants dans les jambes. La différence était que les hommes chassaient les filles et que les femmes travaillaient à faire des sillons dans les crânes plutôt que dans la terre. Boulot apprit vite. Il se tenait en haut de l'escalier du métro et lorsqu'une femme en sortait il l'appelait plus fort que ses collègues, la saisissait par la manche et l'entraînait chez la coiffeuse. Il chassait pour le compte de Madame M'Ba, de Mondial International Coiffure France Afrique USA. Chaque fois qu'il lui amenait une prise, il touchait un pourcentage et il allait manger un colombo de poulet à l'angle de la rue du Château-d'Eau et du boulevard de Strasbourg.

C'était la théorie de son métier. La pratique était souvent différente, comme dans les grandes chasses où le gibier n'en fait qu'à sa tête. Toutes les filles ne voulaient pas se faire coiffer. Tel un bon chasseur, il fallait reconnaître celle qui était déjà coiffée et qui serait une mauvaise proie. Il fallait reconnaître celle qui était trop pressée et ne pourrait pas passer cinq heures au salon pour se faire tresser. Il fallait reconnaître celle qui avait envie d'être belle.

L'ennui était que les frères étaient tous de très bons chasseurs et que le plus souvent ils attrapaient les mêmes proies. Souvent, Boulot tirait par la manche droite une fille qu'un collègue tirait déjà par la manche gauche. Il s'ensuivait un début de bataille et une palabre à voix forte avec un arbitre qui était le chef des chasseurs et l'ami des coiffeuses. La palabre était longue pour savoir qui avait vu la fille le premier et qui avait lancé la première flèche de son regard et avait touché le premier la manche. En règle générale, la fille partait. Il fallait donc faire toute la palabre en la tenant bien fort, et malheur à celui qui la lâchait, malheur plus gros à celui qui arrachait la manche, malheur immense à celui qui faisait hurler la fille et attirait les policiers du commissariat du Xᵉ arrondissement. Le métier de chasseur n'était pas un métier facile, mais Boulot y fit son chemin parce que Madame M'Ba avait mis sa protection sur lui.

Comme beaucoup de clandestins qui entrent dans Paris par la porte Saint-Denis, Boulot tenta le diable à l'angle de la rue Saint-Denis et de la rue du Caire. Il se tenait sur le trottoir, appuyé sur son diable, attendant qu'un fabricant d'habits lui fasse signe de venir charger des cartons, des rouleaux de tissu, des portants de vêtements. Il s'agissait de les transporter jusqu'à une boutique ou de les hisser dans un camion de livraison. À chaque chargement, il touchait la pièce. Pas de chargement, pas de pièce. Épuisant et simple.

Boulot attendait au coin avec des dizaines d'autres. Ils ne se disaient pas grand-chose parce que l'un était turc, l'autre afghan, le troisième paki. Ils se regardaient plutôt en chiens de faïence en guettant lequel serait embauché avant l'autre. Étant noir, Boulot perdait souvent son tour. Étant sous la pluie, il dégoulinait. Étant dans le froid, il tremblait. Étant dans l'incertitude, il doutait. La seule chose dont il était sûr, c'était que le soir il lui faudrait payer Gaston de Paris, qui lui louait le diable. « Louons le diable et ses œuvres ! » disait Gaston en empochant la monnaie.

Boulot n'aimait pas ce travail. Il aimait seulement quand il fallait monter les cartons les plus lourds dans le camion : là, il avait l'impression de faire quelque chose. Sinon, attendre n'était pas un métier, et puis se faire crier dessus par les patrons n'était pas un métier non plus.

Il allait abandonner, mais avant de le faire il tint à prendre un de ses patrons à part et à lui expliquer qu'en empilant les cartons selon leurs dimensions et en les rangeant selon son ordre il pouvait sans peine lui faire gagner un chargement sur dix. Le patron ne l'écouta pas et lui fit signe de s'écarter, comme s'il était dérangé par un moustique, et puis il l'écouta quand même et il le mit au défi de lui démontrer sa théorie.

Boulot préféra vider le camion et le recharger plutôt que de lui expliquer mathématiquement la chose. Ce patron-là n'avait pas l'air de posséder une tête mathématique.

Boulot déchargea le camion à lui tout seul puis le rechargea de même en faisant sa démonstration. Les voitures bouchonnaient dans la rue Saint-Denis, les scooters escaladaient les trottoirs, les putes venaient regarder de près le grand noir qui jonglait avec les caisses. Les autres diables trouvaient qu'il gâchait le métier à trop en faire. Ils ne mangeaient pas assez bien pour pouvoir l'imiter.

Puisque c'était Chamboula qui le lui demandait, Boulot décida de rentrer au village. Le recruteur lui donna une combinaison orange toute neuve qui devait le recouvrir des pieds à la tête. Il se fit expliquer comment on s'habillait, comment on glissait les jambes dans les trous, puis les bras dans d'autres trous, et comment on devait tirer sur la petite manette – « le zip », dit en riant le recruteur.

Boulot se trouvait bizarre dans cet habit qui frottait de partout et lui serrait le cou. Mais il trouvait aussi que cela ne manquait pas d'allure. Pour être sûr, il demanda l'avis de la fille du maître. Elle fit glisser le zip jusqu'en bas et le remonta d'un coup sec jusqu'en haut.

– Tu as une grande braguette, lui dit-elle.

Et elle se retourna.

Pendant tout le voyage en 4 × 4 vers le village, Boulot fit attention à ne pas se froisser. Il était inquiet de rentrer alors qu'il avait pris la décision de partir. Il redoutait de se faire moquer. Heureusement qu'il avait revêtu la combinaison orange. Grâce à elle, il revenait, mais il n'était plus du tout le même. Son voyage l'avait transformé. Il était parti noir et il revenait orange. Il était parti enfant et il revenait contremaître, c'est-à-dire un peu chef.

Lorsqu'il arriva au village, quelques heures plus tard, il fut déçu.

Le village avait grandi en son absence, ils avaient même traversé une banlieue où ne vivaient que des blancs avant d'en atteindre le centre. Des chantiers partout, du bruit, de grands oiseaux de fer qui pompaient en grinçant. Et surtout, ce qui se présentait de plus terrible à ses yeux, c'était le nombre énorme de villageois qui portaient une combinaison orange.

Lui qui redoutait l'accueil qu'on allait lui réserver passa tellement inaperçu qu'il en fut vexé. L'envie le prit de retenir les gens par l'épaule pour leur dire « Regardez, je suis Boulot. Je suis revenu », mais il craignait trop leur indifférence pour s'y aventurer.

Peu à peu il retrouva sa vieille géographie sous la nouvelle. Il devina les courbes anciennes sous le découpage rectiligne, il flaira le chemin sous la rue, mais sa déception était grande et le goût de béton qui flottait dans l'air masquait la bonne vieille odeur du pays qui lui manquait tant.

Il décida d'aller d'abord saluer Chamboula respectueusement pour lui dire que, nonobstant ses fortes réticences, il s'était rendu à ses raisons et qu'il était rentré dans le but exclusif de lui être agréable et de se rendre à ses ordres. Il tournait et retournait sa longue phrase dans sa bouche pour pouvoir la présenter en forme de compliment.

Chamboula le reçut avec amabilité. Elle accepta son compliment et ses explications qu'elle ne demandait pas et auxquelles elle ne comprit rien. Elle trouvait toujours ce jeune homme charmant, différent et plein d'intelligence.

Ils burent un bol de lait de coco qui leur donna la bouche douce.

Chamboula lui fit remarquer qu'il avait un beau zip et elle le dézippa jusqu'en bas. Boulot lui montra fièrement qu'il pouvait tenir droit sans son uniforme. Et il fut le Bienvenu.

Boulot refusa formellement de rentrer au village. Il ne voulait pour rien au monde de cette combinaison orange grotesque qu'on lui proposait et du salaire non moins médiocre qui allait avec.

Le maître d'école ne prit point part à l'empoignade qui eut lieu entre Boulot et le recruteur. Boulot avait gardé quelques beaux instincts de brousse et il savait faire danser l'adversaire. Il le menaça de le dévorer tout cru. Il ouvrait sa bouche immense, roulait les yeux et brillait de toutes ses dents. Il n'avait pas son pareil pour jouer le nègre.

Le recruteur effectua un repli prudent après avoir marmonné quelques regrets. Le maître d'école, amusé, le reconduisit à la porte.

Lorsqu'il revint dans la salle de classe, Boulot était assis au bureau et l'attendait.

— Maître, il faut que je te parle parce que je viens de prendre ma décision : je veux aller en classes prépas à Louis-le-Grand. Je veux préparer Normale sup et Polytechnique.

— Parlons-en, répondit le maître en s'asseyant à califourchon sur une chaise.

Et ils en parlèrent longuement.

Un jour, à l'École normale supérieure, Boulot fit une chose étonnante dans la mathématique. Il écrivit sur le tableau une démonstration et partit d'un grand rire. Il retourna s'asseoir comme si de rien n'était et croisa les bras. Le professeur recula de deux pas pour lire et resta perplexe. Il mit un long moment avant de deviner où Boulot voulait en venir.

À la fin du cours, ses camarades lui proposèrent de les accompagner au stade :

— Ça te fera sortir la fumée du crâne.

Il accepta parce que c'était le premier geste qu'ils faisaient dans sa direction. Il ne savait pas bien faire l'amitié blanche mais il sentit qu'aller au stade était une chose importante. On lui prêta des habits de stade et ils prirent le métro.

Boulot était encore étonné de voir comment les blancs avaient des habits pour tout et pour chaque moment.

La nuit était tombée et le stade était comme une tache de couleur ocre dans la lumière. Boulot connaissait bien cette couleur, mais elle était ici collée par terre et ne s'envolait pas sous les pas. Il trottinait avec ses amis et les écoutait bavarder. Les chaussures qu'il portait étaient élastiques sous le pied et donnaient envie de courir. Il accéléra. Tout le monde le suivit. Il accéléra encore. Marco lui dit en riant :

– Mollo, Boulot, tu vas te cramer.

Boulot accéléra encore parce qu'il ne savait pas très bien ce que voulait dire « cramer ». Marco vint à sa hauteur pour le défier. Boulot accéléra encore. Marco accéléra avec lui. Derrière, il n'entendait plus que trois ou quatre souffles. Marco plaça un démarrage net. Boulot répondit seul en riant. Le jeu lui plaisait bien. Il avait tellement fait ça au village que les bons souvenirs lui remontaient par les jambes jusqu'au cœur et jusqu'au sourire. Marco accéléra encore et Boulot en eut marre d'accélérer, il se mit à courir pour de bon comme s'il voulait tirer la queue de l'antilope. Marco s'arrêta aussitôt de courir, épuisé, le regarda filer et regarda sa montre.

Boulot fit un tour complet de la piste et rejoignit Marco pétrifié qui regardait toujours sa montre.

– Tu sais ce que tu vaux sur 400 mètres ? lui demanda Marco.

Un soir qu'il marchait dans la rue, Boulot suivit sans le vouloir un manteau rouge qui allait à grands pas devant lui. Sa vitesse était exactement la sienne, son pas était comme son long pas et il l'emboîta sans même se poser la question. Il descendit ainsi le boulevard Saint-Michel et remonta le boulevard Saint-Germain, heureux de ne pas avoir à se poser la question de son but. Il se rendait là où le manteau rouge se rendait.

Ils passèrent l'église, traversèrent devant chez Sonia Rykiel et remontèrent jusqu'à la rue Saint-Guillaume. Le manteau rouge, sans montrer la moindre hésitation, entra dans l'Institut d'études politiques. Boulot y entra aussi.

Sans la moindre hésitation, il se retrouva dans la salle de conférences, assis à côté du manteau rouge. Il y avait du monde, du bruit, de la chaleur.

Une jeune femme sortit du manteau rouge qui fut soigneusement plié sur des genoux. Elle était blonde, elle portait les cheveux longs sur les épaules. Elle tira de sa poche un carnet et un stylo qu'elle posa devant elle.

Pour ne pas être en reste, Boulot sortit un bloc-notes de sa poche et le posa devant lui. C'était un bloc à en-tête de son école.

– Vous êtes à Normale sup ?

– Ça vous étonne ?

– Pourquoi ça m'étonnerait ?

– Vous m'avez regardé avec un œil étonné. Peut-être n'ai-je pas la tête réglementaire du normalien.

– Écoutez-moi : vous êtes chiants, vous les nègres, avec vos histoires. Je vous demande si vous êtes à Normale sup, point barre. Et vous avez tout à fait le droit de ne pas me répondre.

– Je suis à Normale sup. Je fais des maths mais, rassurez-vous, je fais aussi du 400 mètres.

– Je suis rassurée, vous êtes conforme. Écoutez plutôt la conférence, cela ne peut pas vous nuire. Et puis, la prochaine fois que vous me suivez dans la rue, mettez vos semelles de crêpe.

Les enfants du village apprenaient ce que l'on apprend lorsque l'on regarde vivre les grands. Ils apprenaient à tailler des flèches, à durcir au feu le bois des sagaies, à tendre la corde des arcs, à lancer des pierres. Ils apprenaient l'ordre des jours et des nuits, l'ordre des cérémonies et des fêtes. Les filles apprenaient la culture et la cuisine. Certains garçons aussi. Lorsqu'ils atteignaient l'âge de raison, les vieux leur donnaient des conseils pour qu'ils se montrent plus habiles à la chasse ou mieux préparés à la guerre. La guerre ne venait pas mais on ne pouvait pas penser qu'elle ne viendrait pas un jour. On apprenait donc à la faire sans la faire, mais on se peignait pour de vrai le visage et on faisait les vraies danses de combat. Le reste du temps, on jouait et on palabrait.

Dès que le tableau noir fut accroché au grand arbre, Boulot entreprit d'enseigner aux enfants du village la table de 2. Ce fut une grande révolution, parce que la table de 2 ne se mangeait pas, n'était pas utile en temps de guerre, n'avait pas de rapport avec la chasse à l'antilope et ne faisait pas pousser le manioc. Elle ne racontait pas non plus les légendes des ancêtres, la gloire des guerriers, et elle n'apprenait pas à respecter les anciens, à séduire les jeunes filles et à attendre la mort avec douceur. Pour la première fois on allait apprendre au village quelque chose qui ne servait à rien et qui n'était pas un secret de sorcier.

Les enfants demandèrent à Boulot à quoi servait la table de 2 et Boulot répondit :

– À apprendre la table de 3.

Comme il ne voulait pas user toutes ses craies, Boulot utilisait également des petits cailloux pour transformer la table de multiplication en table d'addition et il était tout surpris, lui dont l'esprit était vif comme le guépard, de voir la lenteur avec laquelle la mathématique coulait dans la tête des enfants. Là où il pensait apporter la science à grands pas, il faisait du surplace. Son chemin de maître d'école allait être long et lent comme le grand fleuve.

Boulot aimait les mathématiques et devait enseigner l'histoire. Il découpait le destin des hommes en tranches régulières de quelques centimètres d'épaisseur et répétait ce que lui avait appris son maître : le défilé des rois et des reines, les tremblements et les révolutions, les guerres, les hauts faits, l'invention du canon et de la fourchette, Jeanne Hachette et Patrice Lumumba. Il couvrait le tableau noir de noms et de dates, surtout de dates, et quand il était tout couvert il envoyait le meilleur élève du premier rang l'essuyer avec le chiffon humide. Souvent, le meilleur élève dormait et il devait le réveiller pour qu'il aille accomplir sa besogne. Ce n'était pas bon signe. Les enfants du village n'avaient pas beaucoup de goût pour l'histoire. Ce que Boulot comprenait, puisqu'il n'en avait pas beaucoup lui-même. Il voyait bien que pendant ses leçons les enfants se grattaient les doigts de pied, se poussaient du coude, croquaient discrètement de petits insectes qu'ils gardaient dans leur sac, regardaient le soleil tourner dans le ciel et l'ombre s'étirer. Ils attendaient avec impatience le moment où l'ombre du grand arbre atteindrait le bord du chemin et où le maître les enverrait jouer ailleurs.

Le problème que Boulot se posait, en bon pédagogue,

était de savoir s'il fallait changer les enfants ou changer l'histoire. La question était théorique puisqu'il ne pouvait changer ni les uns ni l'autre, mais elle méritait d'être posée.

Plutôt que de les garder plantés là, il aurait voulu leur enseigner l'histoire pendant qu'ils faisaient quelque chose de plaisant, pendant qu'ils travaillaient aux champs, qu'ils se baignaient à la rivière, pour que l'histoire leur coule comme une chose douce dans les oreilles. Et puis il aurait voulu raconter des histoires passionnantes, même si elles n'étaient pas encore dans les livres, des histoires comme les histoires des ancêtres qui font peur et qui font le respect des morts et des vivants. Des histoires plus vraies que les histoires vraies et qui disent aux hommes davantage que l'histoire des hommes.

Il réfléchit beaucoup et commença à arranger des histoires qui étaient vraies-pas-vraies en même temps et que les enfants croyaient comme vraies-pas-vraies en se demandant si elles étaient vraiment vraies pour de vrai. Et c'est ainsi que Boulot apporta la littérature au village.

SAV se cala confortablement dans le fauteuil tressé qui se trouvait tout près de celui du Chef. Il se pencha vers le Chef.

– L'arrangement est simple, lui dit-il. Il y aura 10 % pour le village et 2 % pour toi.

– 10 % de quoi ?

– 10 % de tout : le pétrole, les constructions, les centres commerciaux, l'aéroport. Tout.

– Alors ça fait 12 % pour moi. Le village c'est moi.

– Non, nous ne voulons pas d'histoires avec les villageois.

– Les villageois c'est moi. Je leur donnerai l'argent.

– Comment ?

– Je donnerai l'argent à ceux qui méritent, à ceux qui chantent juste et aux filles. J'achèterai la récolte et je choisirai ce qu'il faut pour équiper le village. Nous avons besoin d'un lampadaire devant ma case et d'un parking pour les Mercedes. Il me faut aussi trois Mercedes.

– Tu auras les moyens de te les offrir.

– Non. Ce sont des frais et je veux que tu paies mes frais. Et puis je veux des cadeaux. Si je n'ai pas de cadeaux, je te fous dehors. Tu iras voir ailleurs si le pétrole y est. Et je fais revenir les ancêtres. Je veux

174

un costume et une école pour les enfants. Cadeau. Et une infirmière avec une seringue et un bonnet blanc. Cadeau.

– Je ne peux pas te payer et acheter des cadeaux par-dessus !

– Tu peux et tu vas…

SAV glissa le doigt entre son cou et le col de sa chemise. La chaleur montait, la sueur dégoulinait et la journée allait être longue. Il était certain qu'à l'heure terrible des moustiques le Chef serait toujours en pleine forme, sec comme le baobab. Il restait à SAV beaucoup à apprendre dans l'art difficile de la négociation.

– Il me faut des garanties sur les terres, dit fermement SAV.

– Des garanties de quoi ?

– Des titres de propriété.

– Ce qui est à moi est à moi.

– Je ne peux pas investir des millions de dollars sans garanties.

– Je suis ta garantie. Je suis le Chef.

– Les chefs ne sont pas éternels.

– Moi, si.

– Je ne veux pas avoir d'ennuis avec les gens du village. Je vais construire, je vais bâtir, je vais exploiter, je vais embellir, je vais enrichir ; il me faut des garanties écrites.

– Écris donc ! Pendant ce temps je chanterai le chant des ancêtres.

SAV écrivit comme dans une frénésie. Il s'octroya la propriété de tout ce qui pouvait rapporter. Il laissa au village les mauvais lieux, les terres sèches et les endroits obscurs où grouillaient les ancêtres. Il donna des cacahouètes en échange. Il veilla bien à préciser que ce qui était sous le sol appartenait à celui qui possédait le sol. Il léchait la mine de son crayon pour écrire plus vite.

Pendant ce temps, le Chef chantonnait en chassant les mouches qui lui tournaient autour du visage.

Lorsqu'il eut terminé, SAV tendit la liasse de papiers au Chef.

– Lis et signe, lui conseilla-t-il.

Le Chef regarda avec admiration autant d'écriture à la fois. Il y avait plusieurs pages. Il s'en servit pour se ventiler, puis il les mit sous son derrière de chef.

– Tu repasseras, dit-il.

SAV pesa rapidement le pour et le contre et décida d'accepter sur-le-champ. Son risque était calculé. Il restait maître du profit, et donc les 10 % qu'il devrait reverser étaient en caoutchouc. En échange, il gagnait un peu de paix. Il savait parfaitement que Kalou et sa Milice Brigadière ne pourraient pas éternellement tenir le village en main. Avec leurs guenilles et leurs vieilles pétoires, ils ne feraient pas illusion très longtemps. Mais il achetait le temps de souffler.

Il serra la main de Kalou et le marché fut conclu.

SAV venait de se passer la corde de l'Internationale Violente au cou.

SAV se refusa immédiatement à entrer dans l'engrenage de l'IV. Il sentait que c'était le début d'une chaîne infinie d'exigences auxquelles il finirait par ne plus pouvoir faire face. Il décida de ne pas en référer à ses supérieurs et de traiter lui-même cette affaire.

Le risque était grand parce que la population avait très peur de Kalou et de ses hommes. Il décida de les éloigner. Et, pour cela, le mieux était de s'arranger pour donner à Kalou une promotion qu'il ne pouvait pas refuser.

Pour être sûr de son coup, il pensa qu'il devait lui proposer de devenir au moins ministre.

Il demanda à Kalou de bien vouloir patienter quelques jours et il décida d'aller en douce convaincre le président Mogabe Kiki du pays voisin de bien vouloir embaucher Kalou. Il était disposé à y mettre le prix de quelques mallettes.

Pour beaucoup, le chantier du village avançait de façon angoissante. On aurait juré que plus personne ne connaissait le dessin et que les choses progressaient de leur propre folie. Des maisons montaient qui auraient dû rester basses, des immeubles inutiles étaient abandonnés à peine construits. Nombre de villageois préféraient camper dans leur garage. Les nouveaux cubes étaient brûlants et malcommodes, la plupart n'avaient pas encore reçu de toit. Ils lançaient vers le ciel des petites jambes de fer maigres, comme un défi au soleil et à la lune.

L'herbe ne poussait que dans le nouveau quartier des blancs, partout ailleurs le sol était durci de plaques de béton sales, crevé de tranchées vides. Les enfants jouaient dans les trous, les vieux pestaient et lançaient des imprécations contre les bâtisseurs des Esprits mauvais.

Une famille qui avait refusé de quitter sa case se trouvait emprisonnée dans une cour dont elle ne pouvait sortir. Des voisins complaisants jetaient de la nourriture par la fenêtre.

Et partout les grands oiseaux de fer proliféraient, puant, pompant et grinçant, aiguisant les nerfs, fabriquant de la méchanceté et de la colère.

Doigts de Liane fut chargé de travailler au cimetière. Officiellement, il était le seul à avoir le doigté nécessaire pour convaincre les ancêtres d'entrer dans leurs cubes et d'y rester sages. Officieusement, il devait s'assurer que les tombes seraient bien impraticables et que les ancêtres pourraient continuer à aller et venir comme bon leur semblerait sous leur terre.

Il fit donc les tombes en portefeuille. L'idée était de les rendre inaccessibles, malcommodes et, surtout, peu tentantes pour quiconque aurait l'idée de s'y installer.

Le jour il polissait les murs, la nuit il cloisonnait les caveaux en labyrinthes inhospitaliers.

Pendant les nuits sans lune, il perçut plus d'une fois la présence des ancêtres qui venaient le voir au travail et inspecter le chantier. Il les sentait rôder silencieusement entre les tombes.

Une fois, il perçut un souffle sur son épaule. « Quand tu sens le souffle, dit la sagesse, la bouche n'est pas loin. » Il fut parcouru d'un frisson et entonna d'une voix forte une vieille chanson de courage :

> Quand la nuit vient
> Chante
> Quand le lion approche

Chante
Quand l'ennemi est là
Chante
Quand l'orage gronde
Chante
Quand le fleuve déborde
Chante
Quand la mort rôde
Chante
Quand l'amour s'en vient
Chante ta chanson

Doigts de Liane veillait bien à ne pas gêner les ancêtres, il se faisait furtif, car il avait peur que les ancêtres ne l'entraînent dans leur monde noir. Lorsque la fatigue le gagnait, il s'allongeait dans une tombe et s'endormait.

Il vécut sur le chantier tout le temps du chantier, qui fut un très long temps. Jamais il n'aurait pensé passer autant de temps dans un cimetière de son vivant.

Le Chef convoqua SAV de toute urgence. Il se tenait debout au milieu du cimetière en grande tenue d'apparat. Lorsqu'il vit approcher SAV au pas de course, il feignit la plus grande agitation.

– Je suis désolé, expliqua-t-il essoufflé, mais cela ne va pas du tout.

– Qu'est-ce qui ne va pas, Chef?

– Les tombes sont alignées perpendiculairement au soleil, et cela ne se peut.

– Et pourquoi donc?

– L'ancêtre doit pouvoir suivre la marche du soleil et de la lune.

– Il peut parfaitement la suivre de gauche à droite.

– Ignorant! Les ancêtres ont le cou raidi par la mort : s'ils voient le sud et le nord, ils ignorent l'est et l'ouest. Il faut refaire tout. Je comprends que ce soit un terrible problème, mais c'est la condition pour que les ancêtres acceptent d'entrer dans les boîtes.

On refit donc le cimetière.

Lorsqu'il fut refait, le Chef reconvoqua SAV.

– Cela est beaucoup mieux ainsi, dit-il, j'ai pu moi-même constater, en tenant ma nuque raide, que l'on pouvait suivre la marche du soleil et de la lune.

– Voilà qui est bien.

– Une chose me chagrine cependant : je trouve ces pierres tombales trop à la mode de ton pays et je redoute le dédain des ancêtres. Il me semble que cela irait mieux si elles prenaient la tournure d'une petite case. Chacun la sienne, pour chacun différente, une sorte de chez-soi.

SAV fit construire des petites maisons sur les tombes. Le cimetière prit la tournure d'un village miniature, élégant et bien rangé.

Le Chef vint inspecter les travaux finis en grande tenue d'apparat et fit convoquer SAV.

– Je dois reconnaître que c'est très beau, dit-il. Bravo ! Cela a même fière allure.

– Je vous l'avais promis, Chef.

– En effet, et je t'en remercie… Il me semble cependant que dans leur souci d'introduire une grande variété dans les cases les architectes ont introduit des différences sensibles entre celles-ci. J'en vois une, par exemple, dont le toit porte une cheminée. Pourquoi les autres n'en portent-elles pas ?

– Parce qu'elles sont différentes, précisément.

– J'ai bien peur que les ancêtres ne prennent ces différences-là pour des privilèges accordés à certains, or l'égalité entre ancêtres est une règle absolue.

– Sont-ils donc chatouilleux, vos ancêtres ! Les nôtres sont moins sourcilleux.

– C'est pour cela que ton monde est sans âme. Il faut rectifier ces cases, je ne vois pas d'autre solution.

– Mais comment voulez-vous… ?

– Elles doivent être toutes différentes et toutes semblables. J'y veillerai, dit le Chef.

Et il tourna les talons.

La vie s'organisait dans le village de Chamboula. Les fleurs poussaient, les légumes s'arrondissaient, les filles chantonnaient. Le colombo bouillonnait dans la marmite géante et l'humeur collective restait à la beauté.

Jamais les filles ne s'étaient senties aussi belles, aussi apprêtées. Tout se passait comme si quelques gouttes de la beauté de Chamboula tombait sur chacune d'elles. Elles étaient irradiées par cette pluie. Elles se contemplaient, heureuses, dans le regard des autres et dans le miroir de la case, mesurant le charme parcouru.

L'une d'elles, qui se faisait appeler Malika, avait été sans conteste la fille la plus laide du pays. Elle avait de nombreuses disgrâces, ayant le visage inégal, le nez et les yeux à des places peu habituelles et donnant l'impression d'être de face quand elle se tenait de profil, portant, en outre, sous l'œil gauche des scarifications ratées. Sur les conseils de Chamboula, elle fit sur elle tant de travail au-dehors et au-dedans qu'elle devint presque très belle.

Ce fut par elle que le scandale arriva au village.

Troublée par sa propre image, elle demanda à son miroir à quoi cette nouvelle beauté pouvait bien servir. Quel était l'usage ultime de tout ce travail, de toute cette peine ?

Elle n'avait jamais connu d'homme, étant protégée par sa laideur, et elle n'en connaissait les mystères que par ouï-dire et racontars.

Un soir, mue par un instinct inconnu d'elle, belle comme jamais, elle quitta sa case et s'enfonça dans la nuit de la forêt. Elle ne mit pas des heures à débusquer un chasseur qui se tenait à l'affût, l'arc bandé, à dix pas d'une pièce d'eau où les animaux vont boire. Elle le reconnut pour être Mamadou, le fils du petit-fils du chef Tassou, héritier de la grande bravoure.

Elle vint se coller contre lui, comme elle l'avait vu faire aux antilopes. Le chasseur lentement débanda son arc et glissa la flèche dans son carquois. Il regarda la jeune fille dans la clarté de la nuit et la trouva fort mystérieuse, fort belle et fort bienvenue.

Elle s'écarta de lui et l'invita à la suivre.

Elle le ramena au village secret et le fit furtivement entrer dans sa case. Il posa sur le sol ses outils de chasseur et il put juger à la lumière de la flamme combien elle était attirante. Elle l'enjoignit de se montrer doux et de lui expliquer à quoi sert la beauté.

Il lui montra que la beauté sert à être défaite. Il lui montra que la beauté va nue. Il lui montra que la beauté va sur le dos des caresses. Il lui montra que la beauté s'ouvre par le milieu. Il lui montra que la beauté est une serrure dont il possédait la clef.

Elle fut plusieurs fois convaincue.

Boulot devait venir attendre son ami Bami à l'aéroport, mais il en fut empêché à la dernière minute. Il le regretta bien parce qu'il avait la nostalgie des parties de foot au village et il se souvenait que Bami était le seul à garder la balle coincée dans la nuque pendant les jonglages.

Bami débarqua seul à Roissy. Il portait ses chaussures de foot et le maillot de Milla qu'on lui avait donné lors de sa victoire à la Coupe des cadets.

Il chercha Boulot des yeux dans la foule énorme puis renonça.

Dehors, il pleuvait froid. Il avisa une voiture marquée « Taxi » le long du trottoir et s'y installa.

— On attend les autres et on y va, dit-il au chauffeur jaune.

— Quels autres ? demanda le chauffeur. Vous êtes toute une équipe ?

— Non, les autres passagers.

— Je ne fais pas taxi collectif.

— Alors on va au stade.

— Quel stade ? Le Stade de France ? Le Parc des Princes ? Charléty ?

— Non, le plus grand. On va à Geoffroy-Guichard, dit fièrement Bami.

Le chauffeur ne broncha pas, de peur de perdre la course de sa vie. Il enclencha la première et prit la route de Saint-Étienne.

Six heures plus tard, il débarqua son passager devant le Chaudron Vert.

Le gardien dut passer de nombreux coups de téléphone avant d'être autorisé à payer sur le compte du club la plus grosse note de taxi de son histoire. Le chauffeur n'avait plus assez de courbettes en réserve pour remercier l'Association sportive de Saint-Étienne.

Le gardien expliqua à Bami que personne ne l'attendait puisque tout le monde l'avait attendu la veille. En conséquence, il devrait attendre jusqu'au lendemain pour rencontrer les dirigeants.

— Où est ma place ? demanda Bami.

Le gardien le conduisit sur le terrain désert et le posta sur le côté droit de la surface de réparation, face au but.

— Voilà ta place.

Bami regarda autour de lui et jugea que c'était une bonne place.

Il passa la nuit dans les buts. Le stade sentait bon le foot et, dans le grand silence des gradins vides, il entendait monter les hauts cris.

Mamadou, couché sur le sommet de la dune, les yeux plongés dans le village des filles, comprit qu'il tenait un trésor. Les hommes en parlaient tant, de ce village, qu'il était devenu mythique. Le village de Chamboula cristallisait tous les rêves de sexe et de douceur. Chacun rêvait de s'y rendre un jour et d'y plonger dans l'amour comme on plonge dans le grand fleuve tiède.

Mamadou se laissa discrètement glisser en arrière et dans le plus grand silence fit demi-tour.

Lorsqu'il arriva au Village Fondamental, il fit courir le bruit qu'il connaissait le chemin des filles. Les hommes vinrent vers lui en douce pour lui demander où se trouvait le paradis.

Moyennant des avantages substantiels, Mamadou organisait toutes les nuits une courte caravane nocturne. Les hommes avaient les yeux bandés et n'étaient autorisés à retirer leur bandeau qu'une fois parvenus au sommet de la dune.

En règle générale, ils l'atteignaient au moment où pointait le jour. Ils assistaient au réveil des filles, à leurs étirements dans les jardins, à leurs derniers bâillements, puis ils regardaient la vie s'organiser comme chaque jour. Surtout, ils voyaient Chamboula dans sa tenue de nuit, et leur cœur tapait si fort que la dune tremblait, et leur sexe était si dur que le sable se trouvait labouré.

Une fois, un petit homme blanc à lunettes se glissa dans la caravane de plaisir. Il escalada la colline de sable, s'étendit à plat ventre lui aussi, tira même des jumelles de sa poche, mais prit un plaisir différent de celui des autres visiteurs. Il était d'une famille de marchands de meubles, et ce village de filles qui ressemblait à une grande fleur posée dans un écrin superbe lui donnait à rêver. Il cherchait depuis longtemps une bonne idée pour créer un Club et il venait de la trouver. Il se retira gentiment comme les autres, donna à Mamadou un grand billet vert et lui proposa de venir le voir quand il voudrait, il y aurait toujours un travail de GO pour lui. Mamadou ignorait ce qu'était un GO mais il garda la carte comme on garde un parapluie dans sa case lorsqu'il fait beau.

Une autre fois, un visiteur fut près de provoquer une catastrophe. Son désir était tellement lourd qu'il le tira en avant par-dessus le sommet de la dune. Il bascula. Mamadou dut se précipiter pour le saisir aux chevilles et le tracter en arrière.

Il eut l'impression que Chamboula, qui sortait à cet instant dans son jardin, avait flairé quelque chose. Elle avait redressé le buste, comme une belle qui se sait regardée. Mais elle ne changea rien à ses habitudes.

Au village, tout le monde savait que la colère viendrait un jour. Trop de choses avaient changé trop vite, trop de choses avaient mal changé, et les plaintes des ancêtres et des anciens souvent se confondaient.

Dans les palabres, le Sorcier se plaignait souvent que tout allait de travers et il menaçait le village de représailles. Il laissait volontiers entendre que le Chef se montrait mou parce que cela arrangeait ses finances. Le village, lui, ne voyait rien venir.

Il faut dire que durant cette période le Chef s'était fait offrir trois nouvelles Mercedes et s'était offert trois nouvelles femmes qui portaient de la fourrure et des bijoux que l'on voyait briller à la lueur des flammes.

Kalou se proposait de régler le problème moyennant une somme rondelette que les villageois ne voulaient pas payer.

La colère des Puissances fut confiée aux éléphants.

Une nuit, la terre se mit à trembler et le grand troupeau déboula.

Les éléphants en colère ne respectent pas grand-chose. Ils lèvent la trompe en l'air, ils barrissent à la mort et ne regardent rien. Ils foncent.

Les plus vieux reconnurent immédiatement la vibration grave de la terre et ils coururent se mettre à l'abri.

Les plus jeunes, qui étaient déjà déformés par l'esprit de la ville, ne voulurent point croire au danger.

Les éléphants creusèrent une large tranchée au beau milieu de la cité. Au passage, ils écrasèrent les puits, les rues, les boutiques, le cimetière, quelques enfants qui voulaient les voir et quelques adultes fascinés de peur qui faisaient dans leur pagne.

Lorsque l'on pensa que tout était fini, la vague des femelles débaula à son tour, écrasant ceux qui tentaient de retrouver leurs trésors dans les décombres. Puis ce furent les éléphanteaux qui vinrent achever le travail en cassant du petit bois.

Le Sorcier en grande tenue monta sur les ruines pour clamer qu'il l'avait bien dit. Le Chef monta sur la ruine voisine pour clamer qu'il l'avait bien dit aussi.

SAV s'arrachait les cheveux. Le pétrole giclait en gerbes. Il fit proclamer une interdiction absolue de fumer et de cuisiner. Il oublia d'interdire aux enfants de jouer aux pierres et une étincelle suffit à tout embraser.

Lorsque Red Adair quitta le pays, après avoir soufflé les flammes à coups de dynamite, le village était devenu noir. Embouillassé dans un mélange épais de pétrole brut, de cendre et d'eau.

Mamadou au sommet de sa dune, le sexe bien planté dans le sable chaud, ne sentit rien venir. Une main s'abattit sur lui, puis un corps tout entier. Il expulsa tout l'air qu'il avait dans les poumons et se retrouva le bec dans le sable.

La jeune fille qu'il avait eue sur le dos le retourna comme un bébé et il se sentit gêné d'exhiber ainsi le grand intérêt qu'il portait au village.

La jeune fille ne semblait pas émue. Elle le saisit par le col et le poussa sans douceur devant elle.

Ils dévalèrent la dune côté village et s'enfoncèrent droit vers le Paradis.

Mamadou fut conduit directement chez Chamboula. Il fut frappé par sa grande beauté et par la rondeur de son derrière lorsqu'elle se retourna pour saisir une chaise. Elle le ligota aux barreaux et alla poser la chaise au centre de son jardin. Elle battit le rappel par un petit chant aigu et toutes les filles vinrent se placer en arc de cercle devant Mamadou ficelé.

Comme on ne lui donna pas la parole il eut tout le loisir de contempler les belles et se crut dans un rêve. La corde lui sciait le sexe, ce qui n'était pas bon pour l'enthousiasme, mais il n'avait jamais été à pareille fête.

Chamboula exprimait son inquiétude :

– Le problème maintenant, si nous le renvoyons après l'avoir corrigé, c'est qu'il connaît le chemin et que, inévitablement, d'autres lui arracheront son secret.

– Même s'il promet de se taire ?

– Sais-tu bien ce que sont les promesses des hommes ? Un jour il craquera par vantardise, par bêtise ou par peur. Un soir il sera soûl. Une nuit il reviendra et il se fera suivre…

– Et si on le gardait ?

– Nous avons dit « pas d'hommes », c'est clair.

– On pourrait peut-être le garder comme esclave, pas comme homme. Il ferait des travaux et on l'entraverait à la chaîne pour qu'il ne s'enfuie pas.

– Il pourrait faire du ménage.

– De la chasse.

– Du jardinage.

– De la construction.

– De la cuisine.

– Du nettoyage.

– Des enfants.

Cette ultime proposition était celle que Chamboula redoutait. Il faudrait bien en arriver là un jour. Chamboula fit mine de ne pas relever et il fut décidé que l'on garderait Mamadou comme esclave « et pas comme homme », insista-t-elle.

On le délia, on lui donna à boire et à manger, on lui passa la chaîne et il se lécha les babines.

Pour faire son nouveau métier de ministre de la Guerre, Kalou exigea un bureau Louis XV et décida qu'il ne porterait pas l'uniforme mais le costume sombre et le nœud papillon.

Il demanda à son cher ami d'enfance, Bami, d'accepter le poste de directeur de son cabinet. Bami était le meilleur tireur de coups francs du pays et il ferait un parfait canonnier. Il lui enjoignit de porter l'uniforme de camouflage et lui confia les tâches ordinaires de la guerre : déploiements de troupes, défilés, maintien de l'ordre intérieur, entraînement, musique, marine potentielle, aviation potentielle, hélicoptère présidentiel, guérilla aux frontières, escarmouches.

Son travail consistait à convaincre les armées étrangères de verser de l'argent et du matériel à Kalou en échange de promesses vagues. Pour cela, il se faisait inviter dans les plus beaux hôtels des plus belles capitales, il se faisait conduire dans les supermarchés de la guerre, faisait ses courses, ne payait pas la note, et ensuite, par reconnaissance, se faisait inviter au restaurant avec des jolies filles. Parfois, le président lui-même venait avec lui.

Kalou se sentait bien à l'étranger. La vie y était souvent confortable et il se trouvait plus en sécurité que dans sa propre capitale – le poste de ministre de la Guerre était très convoité et il devait toujours sortir avec ses gardes de peur de prendre un mauvais coup.

Chaque matin, pour garder la forme, il faisait un bref entraînement à la machette et au pistolet, quelques pompes réglementaires et un solide brossage de dents.

Ce dont il n'était pas très sûr, c'était sa position exacte dans le gouvernement. Était-il bien numéro deux ? Comment son travail s'articulait-il avec celui du nouveau ministre de l'Intérieur ? Qui avait les réelles faveurs du président ?

Ces questions gâtaient parfois son petit déjeuner.

Un matin, naquit au village une petite fille. Elle était si parfaitement jolie et si paisible que les villageois défilaient pour la regarder dormir. Elle n'était pas de la famille des chefs ni de la famille des sorciers. Elle était née jolie.

On s'extasiait sur ses membres fins, sur sa poitrine plate de bébé, sur son derrière rebondi, sur la bonne humeur qu'elle mettait à téter sa mère, sur ce mignon sourire que l'on voyait déjà se former sur ses petites lèvres charnues. On se réjouissait de lui voir un beau sexe bien ouvert, un teint de cuivre clair et, déjà, une chevelure en mousse.

La mère et le père étaient fiers et, à l'heure de la tétée, attendaient fidèlement les visiteurs qui se pressaient avec de petites offrandes.

On en parlait tant et tant dans le village que Chamboula vint un soir la regarder.

Elle s'agenouilla près d'elle et lui toucha la joue. La peau en était douce et parfumée. Le doigt roulait dessus avec douceur. Chamboula prit l'enfant dans ses bras. Elle était de bon poids, fine et lourde. Chamboula lui chanta la berceuse :

> Les garçons sont rentrés de la pêche
> Dans la brousse plus un chasseur

Le grand lion a bu
Sa lionne a mangé
C'est l'heure de dormir les bébés
Dormir les bébés
Dormir les bébés

La petite lui fit quelque chose qui ressemblait à un sourire et Chamboula comprit que cette petite-là était en train de la pousser vers la vieillesse. C'était elle qui serait la prochaine beauté du village. « Un jour très proche les seins lui pousseront, pensa-t-elle, un jour très proche elle aura du poil, un jour très proche elle sera assez grande pour que se penchent les hommes… Ce jour-là, qui sera un jour triste, Chamboula deviendra le souvenir des anciens. Ainsi passera ma vie. »

Elle rendit très vite la petite à sa mère et s'éloigna pour pouvoir pleurer.

Elle traversa la ville lentement pour rentrer chez elle, mesurant à quel point tout avait changé, à quel point, d'un seul coup, la ville était devenue énorme et étrangère. Combien les hommes semblaient vieux. Le Chef entrait courbé dans sa case. Le petit Boulot était plein comme un homme maintenant dans sa combinaison orange. SAV était blanc de blanc. Le Sorcier avait les iris des yeux qui viraient au gris. Partout le soir étendait son empire.

Chamboula monta les seins vers le ciel et prit sa démarche de caoutchouc. Elle était toujours la plus belle, mais il fallait maintenant qu'elle y pense.

Lorsqu'il fut bien dégelé, Boulot fit le récit des pays froids, qu'il connaissait maintenant de l'intérieur. Il raconta que le froid venait comme un baiser sur le front puis qu'il te serrait dans ses bras tout entier.

– Ensuite, expliqua-t-il, on tremble comme sous le vent et puis on ne tremble plus et puis on devient raide et on ne se souvient plus.

Son auditoire se montra un rien déçu.

– Tous les gens sont donc raides, là-bas ?

– Non, je ne parle que de ceux qui ont vraiment froid, comme moi.

– Et comment font les autres ?

– Ils se déguisent et ils font du feu invisible dans la maison.

– Comment tu sais que c'est du feu s'il est invisible ?

– Dedans il fait chaud, quand tu sors il fait froid. Comme au soleil et à l'ombre.

– Tu veux dire qu'il y a le feu au soleil ?

– Le soleil *est* le feu.

– Tu es fou ! Ils ont le soleil dans la maison ?

– En quelque sorte. Et ils ont beaucoup de maisons.

– Des maisons hautes ?

– Très hautes.

– Tu les as toutes vues ?

– Non, j'étais gelé.

Devant tant de science, les villageois décidèrent qu'il convenait de confier à Boulot la formation de leurs enfants. On le nomma maître des écoles du village et on l'autorisa à taper sur le bout des doigts avec la grande règle.

Boulot expliqua que la chose la plus surprenante dans l'avion était qu'il volait sans battre des ailes. Il en était certain puisqu'il l'avait vu lui-même de ses yeux par la petite fenêtre. L'avion avait bel et bien les ailes raides. Sans doute à cause du grand froid qui régnait dans le ciel.

Ensuite il expliqua que l'avion prenait un grand nombre de passagers dans son ventre. Un monde bien sage et bien rangé qui ne bougeait pas pour que l'avion puisse voler. Plus époustouflant encore, l'avion avait dans son ventre des choses à manger qu'il n'avait pas mangées lui-même. Des choses bizarres rangées dans des boîtes que tout le monde mangeait en même temps, comme si c'était le jour d'un mariage. Pour preuve de ses dires, Boulot tira de dessous son pagne un triangle argenté sur lequel se trouvait l'image bleu et rouge d'une vache. Cette vache souriait à qui la regardait. Mais cette vache était une grande ruse puisque, à l'intérieur de l'emballage d'argent, il n'y avait pas de vache. Boulot tira un fil rouge et le triangle s'ouvrit. À l'intérieur se trouvait une pâte blanche qui ne ressemblait en rien à une vache. Et Boulot expliqua que c'était du lait solide. On le partagea et il fut jugé bon.

Comme Boulot connaissait le secret de l'avion et le secret de la vache et du lait, on décida qu'il serait désormais le maître d'école.

Boulot était en amitié avec Gaston de Paris, il habitait dans sa cave. Gaston avait six amis qui vivaient avec lui dans le sous-sol sur des lits accrochés aux murs. Boulot avait la chance d'avoir le lit près du soupirail, d'où il pouvait voir les mollets des filles et l'enseigne du café au coin de la rue. Il payait en bonnes pierres transparentes et Gaston était content.

Le soir, quand Madame M'Ba enfin fermait Mondial International Coiffure France Afrique USA, Boulot flânait sur le boulevard, montait jusqu'à la gare de l'Est et redescendait par la rue du Faubourg-Saint-Denis. Le dur de la terre de Paris lui faisait mal aux jambes et il devait toujours porter un bonnet à cause de l'air froid, mais il aimait bien la lumière des vitrines. Il apprenait à se servir des cafés et il commençait à se débrouiller pas mal pour quelqu'un qui n'avait jamais eu l'usage d'un café dans son village. Au début, il pensait vite faire la connaissance de tout le monde, mais les gens passaient trop vite et il n'avait pas le temps de voir leurs visages. Tous les hommes blancs se ressemblent, il est bien difficile de les reconnaître.

Gaston de Paris lui proposa un soir de sortir avec des amis. Ils se retrouvèrent dans le café à l'angle du boulevard. Ils se tapèrent dans la paume des mains, choquèrent leurs poings fermés. C'étaient des frères. Boulot eut honte de sa mise parce que les amis portaient les plus beaux habits de Paris. Ils s'assirent et Gaston expliqua à Boulot que ses amis et lui étaient des sapeurs. Ils se regroupaient par sept de la même taille et chacun achetait un habit de luxe qu'ils choisissaient ensemble. Ensuite l'habit tournait entre eux et ils pouvaient être vêtus de sept façons différentes pour le prix d'un seul costume. Tous les costumes devaient être des costumes du dimanche. Un des sapeurs de leur groupe venait de rentrer au pays et ils proposèrent à Boulot de se joindre à eux. Boulot accepta tout de suite parce qu'il voulait essayer la redingote blanche moirée que portait l'un d'entre eux.

Boulot décida d'envoyer une carte postale au Chef pour que tout le village puisse en profiter. Il se souvenait que le jour où une carte était arrivée au village cela avait été une grande fête. On avait fait un feu, un grand repas, on avait bu, les femmes avaient chanté, le Sorcier avait fait une invocation de prospérité, on avait célébré les ancêtres et le Chef s'était avancé dans la lumière du feu pour lire la carte postale à la fin de la soirée. Elle disait : « Bien arrivé. La grande ville est grande. » Boulot s'en souvenait par cœur.

Il choisit de faire mieux encore et acheta une carte longue qui se dépliait jusque par terre avec toutes les photos possibles de Paris. Son seul regret était que le métro Château-d'Eau ne figure pas sur cette série. Il imagina le Chef lisant la longue carte devant le feu et les yeux brillants de Chamboula qui le regardaient. Il en eut une élévation.

Il écrivit sur la carte qu'il allait bien et qu'il espérait que le village allait bien, nommant tous les habitants et les ancêtres. Ensuite, dans la place qui lui restait, il décida de parler des cafés. Il expliqua ses progrès en café et comment il avait compris les rites du passage de commande, du paiement et de la dégustation de la consommation, debout devant le bar. Il expliqua comment il fallait commander « un petit noir » et que cela l'avait fait rire au début de demander un petit noir à un garçon blanc. On pouvait aussi demander « un demi » et obtenir une bière entière. On pouvait aussi commander « un pot » et recevoir une bouteille. « L'apprentissage est difficile, expliquait-il, mais ensuite on devient un citoyen de Paris. » Il ne lui restait plus de place.

Il signa sa carte : « Boulot du Village, citoyen de Paris. »

L'ingénieur-chef était d'abord resté seul quelques mois mais maintenant il voulait faire venir sa dame et leurs deux enfants. Pour s'assurer que tout irait bien pour eux, il voulut embaucher un chauffeur. Il demanda à SAV, qui lui recommanda Boulot parce qu'il le savait intelligent et débrouillard. Il avait également une très bonne connaissance du terrain et il saurait éviter les dangers et les pièges. Il devrait également se montrer habile négociateur pour les choses de la vie.

L'ingénieur-chef engagea Boulot et lui donna les clefs de la grosse voiture à quatre roues motrices qui se trouvait garée devant la maison. Boulot n'eut aucune peine à prouver qu'il connaissait bien la région et qu'il était habile de ses mains et de sa langue, mais il eut plus de mal à cacher qu'il ne savait pas du tout conduire.

Comme dit la sagesse : « Quand tu ne sais pas, tu apprends. »

Il proposa à l'ingénieur-chef de venir faire un tour à la case de sa mère et, sous prétexte de lui montrer mieux le chemin, il le laissa conduire. L'ingénieur-chef conduisit donc son chauffeur chez lui. Boulot nota tous les gestes de l'ingénieur. Il était perplexe devant la très grande quantité de boutons, et comme l'ingénieur ne les utilisait pas tous il se demandait à quoi ils pouvaient bien servir.

Sa mère les attendait à la porte de la case. Elle fit le grand accueil. On but du vin de palme. Puis, comme le colombo était prêt dans le chaudron, on mangea le colombo en buvant le vin de palme. Après on parla du village d'autrefois, celui d'avant le chamboulement, celui du calme et du bruit des oiseaux. Elle pleura en évoquant le souvenir du grand lion qui venait boire chaque soir. Elle se leva pour montrer exactement le chemin du lion. L'ingénieur-chef, qui voulait voir le chemin de près lui aussi, eut du mal à se lever. Ensuite elle parla des grands chefs d'autrefois et fit l'éloge du grand chef Tassou dont elle avait été la favorite pendant deux lunes avant qu'il ne l'offre à son ami le père de Boulot qui était mort dans une chasse, et on but le vin de palme dans le jour finissant.

Lorsque l'ingénieur-chef tomba de son tabouret et s'endormit profondément sur la natte, Boulot eut une nuit entière pour apprendre à conduire. Tout de suite, il fut très fort en essuie-glaces. Pour des raisons évidentes, il n'apprit pas le klaxon.

Lorsqu'il revint au village, la première personne que Boulot retrouva sur le bord de la route fut Grandes Cuisses. Ils s'aimaient bien tous les deux. Grandes Cuisses était seul et allait de son très long pas. Il fut heureux de voir revenir Boulot et fit demi-tour pour prendre son chemin.

– Depuis que tu es parti, lui dit-il, les enfants sont sans modèle. Avant, ils faisaient comme toi, maintenant ils font n'importe quoi. On leur montre des objets inutiles et on leur demande de faire des travaux pour les obtenir.

– Ne marche pas d'un si grand pas, supplia Boulot, qui trottinait pour suivre.

– À huit ans, ils sont enrôlés pour ramasser les ordures du chantier et pour cirer les bottes des travailleurs. Ils ne vont plus à l'école.

– Le Chef laisse faire ?

– Le Chef il s'en fiche, et il n'est pas le dernier à se faire lustrer les bottes depuis qu'il en porte. Les siennes sont en peau de serpent – c'est pas moi qui mettrais mes pieds dans le ventre du cobra ! Tu as tort de revenir. Tu aurais dû rester au loin, parce que ce que tu vas découvrir t'écorchera les yeux.

– Tu restes bien, toi, Grandes Cuisses, répondit Boulot en riant.

– Non, je partais.

– Tu partais nu, comme ça, sur le chemin ?

– Oui, je veux aller à la ville et devenir champion cycliste. Je gagnerai le Tour du Fasso.

– Mais tu n'as pas de vélo.

– Peut-être, mais j'ai l'envie qui est plus forte que le vélo.

– Il te faut une culotte et un maillot.

– Je veux le maillot du Crédit agricole.

Comme ils approchaient du village, des garçons les rejoignirent et vinrent en grappe autour de Grandes Cuisses, qui était très populaire.

– Tu reviens, Grandes Cuisses ! s'exclamèrent-ils. Tu ne veux plus faire champion ?

– Je serai champion comme vous serez voyous.

– Viens jouer aux pierres avec nous. Viens toi aussi, Boulot.

Ils arrivaient aux premières maisons de la ville et Boulot ne reconnut rien. On avait bâti là de belles maisons toutes blanches avec des jardins verts. Des enfants blancs jouaient sur le gazon.

Comme Boulot courait très vite le 400 mètres, il s'entraîna pour le courir plus vite encore. Il développa une capacité toute personnelle de faire les cent derniers mètres à une vitesse de pur sprinter. Il sortait cinquième du virage et remontait un à un tous ses adversaires pour gagner, les bras levés. C'était sa manière et on l'admirait pour cela. Lorsque pour la première fois sa photo parut dans *L'Équipe*, il l'envoya au Chef afin que tout le village sache bien qu'il était en gloire et que tout le pays était en gloire avec lui. Sur la carte postale, il promit de venir courir dès que serait construit le nouveau stade. Il se mesurerait à Grandes Cuisses, qui était jusqu'à ce jour le plus rapide du village.

Comme il courait très vite les cent derniers mètres, le grand Sorcier blanc lui proposa de courir aussi vite les trois cents premiers. Une proposition qui ne se refusait pas. Il accepta donc de prendre chaque matin la pilule rose, pleine de vitamines.

Il devint petit champion, puis champion, enfin grand champion selon la progression des meilleurs.

Brutalement, il eut beaucoup de jolies filles autour de lui et il gagna beaucoup d'argent. Il en envoyait régulièrement à sa mère, qui fit agrandir la case et lui envoya des photos de chaque transformation. Il lui recommanda de donner des sous à Grandes Cuisses pour qu'il entraîne les petits garçons – il ne pensa pas aux petites filles alors qu'il couchait souvent avec une belle sauteuse à la perche qu'il allait rejoindre la nuit venue sur le coussin de réception du sautoir.

Sa vie bascula lors du meeting de Zurich.

La piste suisse était réputée pour être très rapide et il avait programmé un record pour ce grand soir. Record d'Europe ou record du monde, tout était bon à prendre. En cas de victoire, la bourse serait confortable. Il s'échauffa tranquillement avec ses copains pour la finale. Il se sentait prêt et n'éprouvait pas de peur. Il portait ses chaussures rouges fétiches et rien ne pouvait lui arriver. Il se trouvait dans le couloir 4 et juste devant lui il avait demandé un spécialiste du 200 mètres pour le tirer.

Il faisait bon, la lumière était belle, le stade était plein et soudain silencieux. Il plaça les pieds dans les starting-blocks, il prit ses marques et le starter donna le départ.

La première fois que Boulot monta sur un podium après une victoire dans le 400 mètres, il eut l'idée de lever son poing ganté vers le ciel et de baisser les yeux à terre, pour regarder ses chaussettes trouées.

Ce geste fut mal perçu par les autorités, qui n'avaient pas prévu d'inviter la politique au stade ce jour-là. Du moins pas cette politique-là.

On retira sa licence à Boulot, ce qui lui donna logiquement à réfléchir. Il décida de s'inscrire à l'Institut d'études politiques.

Lorsque Boulot revit la fille au manteau rouge, elle le mit tout de suite à l'aise en lui disant qu'il était un sale nègre, qu'il avait, bien sûr, une grosse queue, qu'il puait, qu'il courait comme un animal, qu'il dansait comme un singe, qu'il serait président de sa République bananière et que, pour ces raisons-là, il l'intéressait.

Il lui dit qu'elle avait les fesses plates, la peau comme un linge, le bout des seins roses, le clitoris pâle et sans chair, le nez pointu, qu'elle puait le fade, qu'elle ne serait jamais rien dans son vieux pays glacé et que, pour ces raisons-là, elle l'intéressait.

– Et ne t'avise pas de venir me dire qu'il y a des nègres plus foncés que toi ou je te traite de raciste, conclut-elle.

Ils s'entendaient donc bien.

Comme elle était très intelligente et pas dépourvue d'ambition, elle incita Boulot à s'inscrire à Sciences-Po. Normale sup et Sciences-Po faisaient une belle panoplie, surtout déclinée sur le mode science + conscience.

Elle le traîna d'abord dans toutes les réunions tiers-mondistes, où il se montra très vite à son avantage. Il portait maintenant des lunettes à monture rectangulaire, s'habillait de noir, citait les poètes et se méfiait terriblement de la négritude. En public il parlait encore comme une mitraillette, mais elle s'évertuait en privé à ralentir le débit.

Boulot s'inscrivit à Sciences-Po pour devenir un grand homme.

Il avait reçu une lettre de sa mère qui lui expliquait dans quelle anarchie les blancs faisaient grandir leur ville, dans quel désordre méchant ils entretenaient les habitants. Elle expliquait que le vieux Chef croulait sous les cadeaux et sous les jeunes femmes. Elle assurait que Chamboula s'était enfuie pour recréer un monde ailleurs et que tous les meilleurs voulaient quitter le pays pour devenir champions cyclistes ou jouir des grandes villes froides. Elle expliquait que les vieux éléphants ne s'y étaient pas trompés. Elle ne reprochait rien à son fils qui était le trésor de sa vie mais dans sa lettre elle laissait passer le message des gens de sagesse : « Il n'est pas nécessaire de cligner de l'œil pour faire admirer ses cils. » Boulot sentait bien que le secret de la lettre était de lui reprocher son départ.

Il décida donc de devenir un grand homme, juste, bon et savant, et de rentrer au pays pour le gouverner selon la justice et le bien.

Il apprit la science de la politique, qui était différente de celle des mathématiques, et il comprit que même si on ne peut jamais faire le meilleur, on peut certainement éviter de faire le pire. Il se prépara donc pour se tenir au plus près du meilleur.

Lorsque quelques années plus tard il revint au pays, il était armé et il avait des soutiens.

Voici le premier conte que conta Boulot :

– Un soir au village, pendant que le lion buvait l'eau de la fontaine en se grattant, un lapin s'approcha de lui et lui proposa de le débarrasser de ses puces. « Je suis habile, lui assura-t-il, à les débusquer dans la fourrure et à les saisir prestement. Je fais cela bien plus précisément que tes grands grattements de griffes. »

« Le lion, qui en avait assez de ses démangeaisons, le laissa faire. En quelques minutes le lapin l'avait débarrassé de toutes les puces qu'il avait sur le dos et le lion se réjouissait de la bonne affaire.

« "Passons à la queue, dit le lapin. Mais attention, les puces de queue sont les plus coriaces, ne t'étonne donc pas si elles piquent et repiquent."

« Le lion buvait toujours, la tête enfoncée dans l'eau. Le lapin en profita pour lui planter un clou dans la queue et la clouer au sol. Tapant de toutes ses forces avec son marteau, il faisait grand fracas de voix : "Ah, la sauvage, hurlait-il, elle se bat et elle pique fort ! Mais je l'aurai. Et pan et pan !"

« Il refit cela quatre fois, et quand la queue fut quatre fois clouée il alla se placer sous le nez du roi des animaux et commença à le narguer. Il lui fit une petite danse et battit des oreilles, ce qui dans sa langue de lapin est signe de moquerie. Le lion rugit et fut tout surpris de constater que le lapin ne détalait pas. Il rugit encore et le lapin dansait toujours. Le lion lança la patte et le lapin se contenta de reculer d'un petit centimètre pour éviter le passage des griffes. Le lion, qui trouvait que c'en était trop de se moquer de lui, s'élança pour le croquer et resta sur place. Il se retourna et vit sa queue clouée au sol. Il comprit alors le subterfuge. Le lapin se moquait ouvertement de lui et riait sous son nez, entraînant avec lui tous les enfants du village. Une grande ronde s'organisa autour du lion cloué et elle dura jusqu'à la fin du jour.

« Le lendemain matin, devant la fontaine, on trouva la peau entière du lion. La belle peau du roi lion dans le meilleur de son âge, riche de tous ses poils et bien décorée de sa majestueuse crinière, mais une peau vide qui restait flapie et ridée sur le sol, comme un vieux tapis.

« Un chasseur qui regarda attentivement la peau suggéra qu'elle avait été quittée par le lion pendant la nuit, qu'il s'était arraché à elle pour éviter une plus grande humiliation. Il pensait qu'à l'heure qu'il était, le lion devait grelotter de froid sans sa peau à l'abri d'un buisson d'épines et qu'il ne ferait pas bon le déranger. Il précisa que l'on devait voir le sang royal couler dans ses veines et que l'on devait aussi voir battre son cœur.

Boulot appela ce premier conte « Le Conte du lion déshabillé ». Les enfants qui l'écoutèrent en tremblent encore, comme si leur peau était à vif sous la lune.

– C'est l'effet des bons contes, leur expliqua Boulot.

Voici le deuxième conte que conta Boulot :

– Un soir au village, une mère envoya sa fille chercher de l'eau dans deux calebasses. La petite fille y alla tranquillement, profitant de la douceur et de la lumière du soir. Parvenue au bord de la rivière, elle se promena un moment encore. Puis, avisant un tronc à demi plongé dans l'eau, elle s'assit dessus pour tremper ses pieds poussiéreux dans l'eau fraîche.

« Voyant que ce tronc avait des yeux, la fillette décida de les toucher pour voir de quel bois ils étaient faits. Mal lui en prit car le tronc sur lequel elle se trouvait assise était un crocodile endormi. Le croco se réveilla, se retourna et, énervé, la croqua.

« Comme il venait tout juste de manger une poule il n'avait pas grand-faim. Il mangea tout le tendre et tout le juteux de la petite fille puis recracha les os sur la berge. Il se laissa glisser ensuite au fil de l'eau noire.

« Beaucoup plus tard dans la nuit, la mère inquiète, accompagnée de quelques chasseurs, trouva à la lueur des torches les calebasses vides sur la rive et un tas de petits os bien nettoyés. Elle reconnut aussitôt les os de sa fille adorée et commença une longue plainte.

« Un chasseur s'en fut en courant chercher Doigts de Liane au village. Il voulait que Doigts de Liane redonne forme de squelette aux os de la petite fille pour que l'on puisse faire le rite funéraire et soulager sa mère des peines infinies.

« Doigts de Liane vint au bord de l'eau et demanda à rester seul dans la nuit avec les os. Il les remit un à un dans l'ordre magique des os et, à tâtons dans le noir, leur donna un corps de terre humide. Il allongea la petite statue sur la berge et s'endormit près d'elle. La nuit était fort avancée.

« Le lendemain matin, la lumière du jour l'éveilla. Il resta un instant hébété, ne sachant plus très bien où il se trouvait. Le ciel qu'il voyait n'était pas son ciel habituel et la fraîcheur de la rivière n'était pas sa fraîcheur matinale habituelle non plus. Ce qui était plus inhabituel encore, c'était qu'il sentait un petit corps contre le sien. Il en sentait le souffle contre son flanc. Il s'éveilla tout à fait et vit, tout contre lui, la petite fille qui dormait paisiblement.

« Ce fut une grande joie dans le village de la voir revenir vivante, donnant la main à Doigts de Liane. Pendant tout le temps de sa vie, qui fut longue, elle apprit aux enfants à ne pas confondre les troncs et les crocos.

« C'est maintenant à mon tour de le faire en vous contant son histoire, conclut Boulot.

Au fil des années, la position et le rôle du Chef s'étaient rétrécis. SAV décida donc de faire une grande fête d'honneur, aussi grande que le pouvoir réel du Chef était devenu petit. Il s'agissait de donner au Chef le titre de Maire Honoraire Président du Conseil Général Régional, étant entendu que ces titres devaient être remis en jeu lors des prochaines élections démocratiques, qui auraient lieu très bientôt.

Pour célébrer ces nouvelles et écrasantes responsabilités, il fut décidé que le Chef recevrait les insignes de Chevalier du Grand Mérite.

On fit jouer la musique sur la place, à l'ombre de la maison penchée. On défila, on chanta des chansons de louange.

Le Chef fut couvert de cadeaux, mais cela ne lui mit pas la larme à l'œil car il avait appris depuis longtemps à recevoir des cadeaux.

Le Chef remonta ses lunettes et prononça un long discours où se mêlaient le soin des ancêtres, le bon goût des autrefois et les soucis de la prochaine campagne électorale. Les administrés attendaient le buffet.

SAV, qui avait beaucoup travaillé et beaucoup vieilli, écoutait en opinant. Ce n'était plus le fringant ingénieur qui séduisait Chamboula. Il avait l'air éreinté et on sentait que dans son intérieur une maladie vivait à ses dépens. Il refusait de se montrer au Sorcier et pâlissait en transpirant sous le soleil.

Chamboula était assise face au Chef et semblait boire ses paroles. En fait, elle rêvait d'un monde meilleur qui ne viendrait jamais. Elle regardait les hommes et trouvait que ses amants avaient beaucoup vieilli les derniers mois. Certains n'auraient même pas résisté à un passage entre ses bras.

Lorsque le Chef fut honoré, on s'empiffra.

Puisqu'il était désormais investi de la totalité des pleins pouvoirs, le Chef, assis à la table d'honneur, n'eut aucune réticence à signer les accords avec SAV.

Il fut décidé dans la foulée que les nouvelles élections auraient lieu un mois plus tard à peine. Elles seraient démocratiques, sous surveillance militaire, et elles recevraient des superviseurs étrangers pour juger de leur conformité aux usages internationaux.

Entendant cela, un candidat se déclara immédiatement candidat, ce qui surprit le Chef, qui était élu de droit et qui lança ses hommes dans une bagarre préliminaire préventive et démocratique.

SAV alla à Paris pour rendre compte. Il disposait de peu de temps, car il ne voulait pas abandonner son travail trop longtemps.

Le matin, il se présenta chez ses patrons. Il pleuvait des cordes et SAV n'était pas mécontent de retrouver le gris de Paris. Il toussait.

Il fit un rapport détaillé et enthousiaste sur le travail à Macombo. Toutes les ressources étaient exploitées désormais au maximum de la capacité. Le pétrole coulait, le terminal pour les tankers avait été inauguré et les plus grands navires y avaient accès. Les contrats avec les Américains étaient verrouillés. Les mines de diamants donnaient à plein également et l'exploitation de la potasse était en bonne voie. Il restait quelques problèmes de sécurité à résoudre, mais on ne pouvait pas dire qu'il y avait vraiment du coulage. SAV se montrait fier de son bilan.

– Nous comptons sur vous, lui dit tout de même son président, pour nous débarrasser définitivement de ces contrats stupides qui nous lient encore avec les locaux. Je ne veux plus entendre parler des ancêtres et autres superstitions. Cela a assez duré.

– La matière est délicate, expliqua SAV en toussant.

– C'est pour cela que vous êtes payé.

Pour marquer la fin du rapport, on prit un petit jus d'orange et SAV fut chaleureusement félicité. Ses patrons considéraient qu'il était cuit, qu'il était malade et à bout de forces, qu'il n'allait pas tarder à faire de grosses bêtises. Ils décidèrent qu'ils devaient le virer et que ça lui apprendrait à baiser les négresses. Bien sûr, personne ne lui en dit un mot.

SAV passa ensuite rapidement chez le médecin, qui lui dressa la liste des maladies tropicales dont il était affecté.

L'après-midi, SAV se rendit dans un ministère où l'on souhaitait le consulter. Il expliqua que le pays dans lequel il travaillait depuis de nombreuses années était un pays attachant mais difficile. Le gros problème que posait son développement tenait à ce que les autochtones ne savaient pas travailler et ne savaient pas profiter de leurs vraies richesses. Il y avait un très gros travail d'éducation à faire.

Il obtint sans peine l'envoi d'une petite escouade et la distribution généreuse de subsides pour l'éducation. C'était, selon lui, le seul moyen pour ne pas voir débarquer des milliers de noirs affamés au métro Château-d'Eau. Il fut aussi décidé que l'on apprendrait à la population à planter des patates pour les vendre à McDo.

SAV rentra à pied à son hôtel, heureux de voir des femmes en imperméable se hâter sous leur parapluie. Il acheta quelques médicaments, « pour la route », comme il l'expliqua au pharmacien.

Le soir, alors que la pluie s'était arrêtée, il se rendit au Parc des Princes pour voir le Paris Saint-Germain jouer contre Saint-Étienne. Il avait connu le petit Bami au village et il était curieux de le voir officier comme avant-centre des Verts.

Lors de sa spectaculaire arrivée à Saint-Étienne, tout le monde l'avait surnommé « Taxi » pour se moquer, mais ce taxi-là avait marqué tant de buts qu'il avait vite été pris au sérieux. C'était une sorte de félin qui roupillait près de la surface de réparation et qui se réveillait trois ou quatre fois par match pour mettre la balle au fond des filets. On parlait de lui à Arsenal, mais Saint-Étienne avait prévenu qu'il valait au moins cinquante millions d'euros.

En l'honneur de SAV, Bami marqua d'une somptueuse bicyclette.

SAV, debout, secoua l'épaule de son voisin et cria :

– Je le connais !

SAV repassa dès le lendemain matin pour convaincre le Chef de signer ses papiers.

Le Chef lui expliqua qu'il s'en foutait bien, de ses papiers, et qu'il signerait n'importe quoi puisque la vraie vie n'avait rien à voir avec les papiers. En revanche, le Chef avait très peur de ne plus être exactement le Chef. Trop de choses lui échappaient désormais. Il n'était plus tout à fait sûr de comprendre ce qui se passait autour de lui, plus tout à fait certain de recevoir tout le respect qui lui était dû. Des décisions se prenaient sans lui. Il se sentait vieux. Il n'avait pourtant qu'une centaine d'années, mais le monde était devenu si jeune et si différent. Il y avait trop de gens dans des immeubles avec des cravates et des téléphones et il constatait que des milliers de choses se faisaient sans que l'on vienne lui demander son autorisation, ou même seulement son avis.

Il assura SAV qu'il signerait ses papiers si SAV était capable de lui rendre tout son pouvoir et d'y ajouter celui du Sorcier, qui venait de rejoindre les ancêtres en leur demeure.

Le Chef réunit son Conseil pour une palabre qui devait être la dernière. Il se sentait fatigué et vieux. La mort du Sorcier ajoutait à son malaise, mais il ne voulait rien laisser paraître.

Les anciens s'assirent comme toujours en demi-cercle devant lui dans leur grand costume, arborant les insignes de leur pouvoir. Ce qui avait changé, c'était ces nuées de gens affairés qui passaient derrière eux, qui prenaient des décisions, qui s'agitaient et qui faisaient tourner une machine dont personne ne connaissait complètement le fonctionnement.

– Plus notre richesse augmente, expliqua le Chef après avoir demandé des nouvelles de la famille de chacun, plus notre pouvoir diminue. Nous ne sommes plus consultés comme avant et la démocratie est contre nous. Il faut nous présenter aux élections.

Les ancêtres ne se présentaient pas aux élections. La sagesse ne vient pas aux hommes par les élections.

Les ancêtres n'étaient pas modernes.

Qu'est-ce que ça voulait dire, « être moderne » ?

Le Chef fit un grand geste pour montrer tout ce qui avait poussé autour d'eux, les maisons, les boutiques, les tours, les antennes de télévision, les paraboles, les haut-parleurs qui diffusaient de la world music, les passants en costume et les passantes en jean de chez Prada, le téléphone enfoncé directement dans le trou de l'oreille.

– Les gens veulent voter pour avoir l'impression qu'ils participent tous à la palabre.

– Ils sont jeunes et déraisonnables.

– Mais ils votent.

– Faut-il que nous soyons jeunes et déraisonnables nous aussi ?

– Non, il faut que nous soyons élus. Et pour être élus il faut que nous constituions une liste électorale avec le maire et ses adjoints.

Tous se levèrent d'un bloc et dirent :

– Je veux être premier adjoint !

Comme le Chef l'avait prévu, la palabre fut interminable et ce n'est que très tard dans la nuit que fut décidée l'attribution du poste de dix-neuvième adjoint chargé du retour des filles. Ce que le Chef garda pour lui, c'est qu'il les trouvait tous vieux comme la mort et qu'il comptait fermement sur SAV pour le tirer de là.

Kalou fut victime d'un accident bizarre mais mortel.

Alors qu'assis à son bureau il aiguisait sa machette avec ses pierres fines, le coup partit malencontreusement et il mourut accidentellement d'une balle dans la nuque.

Les journaux se firent l'écho de cette mort tragique et inattendue. Le pays perdait un de ses hommes d'action indiscutables, un de ceux dont le rôle avait été de faire avancer d'un pas altier la démocratie et la justice. Un homme qui serait pour toujours regretté par les siens et dont le souvenir serait respectueusement craint par ses adversaires.

Le Chef veilla bien à ce que Doigts de Liane enferme son cadavre dans une tombe à double tour afin qu'il ne vienne pas faire le nuisible parmi les ancêtres.

La troupe des Rienfoutants se transforma en équipe de foot.

Lorsque le village de Chamboula se réveilla en bâillant, une surprise de taille attendait les filles. Le carré de fleurs devant la case de Malika était tout froissé et les parfums montaient dans le petit matin. Les filles s'approchèrent pour voir quelle tempête avait couché le jardin. Au beau milieu du carré, protégés de la vue par les dernières fleurs qui tenaient encore debout, Malika et un grand beau jeune homme étaient étendus, les jambes mêlées, les bras noués et les souffles mélangés. Ils dormaient. Aucun doute n'était possible sur la nature de leurs activités nocturnes.

Les filles se regardèrent, stupéfaites. Quel aplomb ! Malika, la plus laide d'entre toutes, avec ce bel homme ! Le ciel fut transpercé par des éclairs violents de jalousie et les nuages noirs s'accumulèrent au-dessus du village.

Chamboula s'approcha et calma les esprits simplement en posant la main sur la tête des plus échauffées. Elle enjamba les fleurs, chatouilla les amoureux sous la plante des pieds et se retira aussitôt. Les amoureux se réveillèrent et, seuls au monde, se reprirent d'amour.

Chamboula toussota et Malika leva les yeux, découvrant d'un seul coup les visages de toutes les filles penchées sur elle par-dessus les corolles des fleurs. Ce que leurs yeux regardaient avec la plus grande avidité ne lui échappa point. Elle attira Mamadou contre elle, s'en servant comme d'un rempart, d'un soutien-gorge et d'un cache-sexe, assurant sur lui sa nue-propriété.

Le jeune homme, sans doute surpris par tant de grands yeux posés sur lui, sans doute ému par la nuit qu'il venait de passer, ne trouva rien d'autre à dire que :

– J'ai faim.

En la circonstance, Chamboula ne savait trop quelle attitude adopter. Elle avait imaginé mille fois que cela allait se produire mais à ce moment précis, au pied du buisson, elle n'avait pas de solution. Elle attira Malika à l'écart, pour gagner du temps. Malika se dressa, s'étira et la suivit, nue comme un joli ver, traînant par la main son amoureux affamé.

Chamboula lui demanda en désignant le garçon :

– Tu veux le garder ?

– Je veux le garder.

– Et toi, tu veux qu'elle te garde ?

– Oui.

– Alors vous êtes mariés par les liens de l'amour. Embrassez-vous.

Les filles se pressaient en grappe à quelques pas de là, espérant que Malika allait au moins recevoir une fessée, que son amant serait au moins castré. Qu'il allait y avoir du sang et des larmes.

Mais Chamboula venait de changer de philosophie.

Elle revint vers elles avec les amoureux et dit sobrement :

– Mangeons.

Doigts de Liane, pour des raisons de commodité, décida de s'installer dans une des maisonnettes construites sur les tombes. Il se trouverait ainsi à pied d'œuvre et pourrait entretenir « son » cimetière sans perdre de temps en trajets fastidieux. Il l'aménagea sommairement mais assez confortablement pour y séjourner en paix. Dans la tombe voisine il fit son atelier, dans lequel il plaça ses outils de sculpteur à tout faire et son établi.

Il dormait sans angoisse parce qu'il savait qu'aucun mort ne voisinait avec lui et qu'il ne risquait pas de se faire aspirer par les pieds dans le monde obscur des ancêtres.

Une nuit cependant, les choses changèrent. Le Chef lui demanda de bien vouloir enterrer le cadavre de Kalou dans une des tombes et de bien le remparer à l'intérieur afin qu'il ne puisse bouger pieds ni pattes. Après les cérémonies officielles et les coups de canon, après les discours et les défilés au pas de l'oie, lorsque la nuit noire fut venue, Doigts de Liane traîna le cadavre en frémissant jusqu'à la tombe la plus éloignée de la sienne, le cloua bien serré entre six planches, s'assura même que certains clous étaient assez longs et assez mal plantés pour bien fixer le cadavre.

Il glissa le cercueil dans la tombe et construisit tout autour une pyramide de pierres que l'on peut encore voir aujourd'hui dans le paysage et dont les savants se demandent par quel architecte égyptien de passage elle fut bâtie. Certain qu'aucun mort au monde ne pouvait soulever une telle masse de pierre, il retourna serein dans sa tombe. L'inquiétude cependant le taraudait qu'un pli ne fût pris et que bientôt on ne lui confie d'autres morts.

La conviction de Chamboula était faite : après ces quelques mois de paix et d'organisation heureuse, son village idéal ne pourrait pas rester longtemps sans hommes. Pour des raisons internes d'abord : les filles se montraient nerveuses, méchantes parfois, ou encore rêveuses et distraites, toujours légèrement à côté de leur peau. Pour des raisons externes ensuite : les hommes avaient trouvé le chemin du village, elle sentait leur présence. Pour l'heure, ils se tenaient à distance, ils observaient de loin, mais cela ne pourrait pas durer éternellement. Un jour ils dévaleraient la dune en nombre et il n'y aurait aucun moyen de les arrêter. Chamboula connaissait tout de la nature humaine. Elle décida de mettre fin à cette partie-là de son utopie. Elle-même d'ailleurs serait ravie de faire quelques rencontres heureuses.

Pour éviter la bousculade, elle pensa que la meilleure idée serait un péage.

Elle en parla aux filles, qui furent d'accord à la condition de garder leur absolue liberté de choix, ce qui leur fut accordé.

– Un péage, les rassura Chamboula, ne donne pas d'autre droit que celui d'entrer ou de passer. Rien de plus.

C'est ainsi que le village-fleur devint un centre de profit et commença à accumuler la fabuleuse richesse des filles, qui devint légendaire et qui disparut mystérieusement. Aujourd'hui encore des archéologues et des chasseurs de trésors se pressent dans la région pour tenter d'exhumer le fabuleux trésor dont les conteurs n'ont jamais cessé de célébrer l'importance : ils parlent de lingots, de ducats, de sculptures, de tissus brodés, de pierres précieuses, de draps d'or, d'armes décorées, accumulés dans des coffres d'argent. À ce moment de leur conte, ils ont les yeux qui brillent et les spectateurs se penchent en avant pour ne pas perdre une miette de leur récit enchanté.

Le trésor de Chamboula brille d'autant plus fort que personne jamais ne le vit. Dans leur grand âge, les filles en parlaient volontiers, mais elles le confondaient avec le trésor de leur vie quotidienne au village, avec le trésor des fleurs et de la beauté, avec le trésor des hommes qui, le soir venu, descendaient la dune, seulement préoccupés de leur plaire et de les couvrir d'amour.

Ils s'approchaient sous la conduite de Mamadou, ils acquittaient le péage et entraient au village. Parmi eux les blancs étaient en grand nombre, et on vit naître les premiers métis.

La présence de Doigts de Liane dans le cimetière rassurait considérablement les villageois. Il donnait un côté riant à l'endroit, une forme de légèreté inattendue. Les choses étaient proprettes, bien tenues, et on commençait à sentir l'ingéniosité facétieuse qui était le trait de caractère du gardien.

Un matin, une famille entière arriva, disant qu'on l'avait expulsée de sa case pour forer un nouveau puits de pétrole. Le père demanda à Doigts de Liane l'autorisation d'occuper une tombe pour quelques nuits, le temps de reconstruire une nouvelle case ou de trouver un appartement.

Comme il y avait trois petits dont un tout-petit, Doigts de Liane accepta et leur trouva une bonne tombe dans laquelle ils s'installèrent. C'était une tombe de chef avec les commodités d'une étagère et d'une sorte de banc.

La femme remercia et cuisina aussitôt parce que les enfants criaient famine. Elle invita Doigts de Liane à partager le ragoût et il se lécha les babines de plaisir. Depuis qu'il vivait au cimetière il avait oublié de cuisiner et il se nourrissait de bricoles. Ils bavardèrent tard dans la nuit et Doigts de Liane se trouva heureux de converser avec des vivants. Le commerce des morts lui avait paralysé la langue. Ils parlèrent de la musique de leurs villages respectifs et décidèrent d'en faire dès le lendemain, le temps que Doigts de Liane construise une kora et un balafon.

La musique est magique le soir. Quand elle monte dans la nuit, elle fait surgir les gens du noir. Des passants s'approchèrent. Les plus hardis surmontèrent leur peur et vinrent chanter en chœur. On échangeait des chansons des ancêtres.

Une famille fatiguée resta pour la nuit et se mit à l'abri du froid dans une tombe voisine.

Une semaine plus tard, vingt familles. Et puis bientôt un village tout entier avec quantité d'enfants qui galopaient entre les tombes et sautaient de pierre tombale en pierre tombale.

On vola un peu d'électricité sur une ligne qui passait pas loin de là, on détourna le cours d'une canalisation d'eau pour faire une fontaine. Et Doigts de Liane devint chef de cimetière, en charge d'âmes vives qui n'épargnaient pas sa peine.

Avec l'aide des hommes et des grands enfants, il apporta quelques modifications aux tombes. Avec les femmes, il construisit les lois de vie indispensables. Avec les petits, il fixa les règles des jeux.

L'idée fut de construire un petit monde de calme dans le grand monde grinçant.

M. Trigalop dévale la dune. De la main droite il tient son chapeau ridicule et de la gauche il assure ses lunettes à monture d'écaille. Pour un petit homme assez rond, il est habile à rebondir sur le sable. C'est à peine si ses pieds touchent le sol. Mamadou renonce à le suivre, le regarde un moment puis fait un demi-tour prudent avec ses autres touristes. Mamadou sent que les ennuis risquent de pleuvoir s'il reste dans les parages. Les clients font la gueule. Ils n'ont pas vu grand-chose du paradis des filles.

M. Trigalop arrive en sueur et sans souffle au village. Il s'arrête au centre de la fleur. La plupart des habitantes dorment encore. Une seule est en vue qui s'approche vers lui, tout sourires.

– Un visiteur, dit-elle, c'est rare. Et un visiteur blanc, ce qui est encore plus rare.

– Bonjour, mademoiselle, répond M. Trigalop en retirant son chapeau. Pourriez-vous me conduire chez la gentille organisatrice de ce très beau village ?

– Organisatrice, c'est sûr, gentille, ça dépend avec qui. Suivez-moi.

Elle l'entraîne à travers le jardin et va frapper à la case de Chamboula. La porte s'ouvre et M. Trigalop recule de deux pas devant tant de beauté.

– Madame, permettez-moi d'abord de rendre hommage à votre grande beauté. Mon nom est M. Trigalop.

– Bien, monsieur Trigalop, je ne vous demanderai pas comment vous êtes arrivé jusqu'ici parce que, si je ne le sais pas, je le devine. Que puis-je faire pour vous ? Mes filles ne sont pas à vendre, ni à donner.

– Non non, madame…

– Chamboula.

– … madame Chamboula, vous vous méprenez. Je voudrais simplement acheter votre village.

Chamboula partit d'un grand rire et l'invita à s'asseoir pour boire un verre d'infusion d'hibiscus.

M. Trigalop expliqua qu'il avait vu un jour un village en rêve, qu'il avait eu l'idée d'en créer un identique pour y faire un club de vacances et que ce village était précisément celui qu'avait créé Chamboula.

Chamboula tint à préciser que le sien était tout de même beaucoup mieux que celui du rêve puisqu'on pouvait trébucher dans les chemins et frapper aux portes des dames à l'aube.

Ensuite il fut question d'argent.

Le manager de l'Association sportive de Saint-Étienne trouva Bami endormi comme un ange au fond des cages dans le stade désert. Il regarda ce grand jeune homme maigre comme un clou dont on lui avait dit qu'il était un virtuose. Il tenait à la main la note faramineuse du taxi, mais quand il vit le bonhomme et son baluchon sur le gazon, il décida que l'on en rirait.

Le service de presse fut alerté, les camarades de jeu furent prévenus, les journaux se ruèrent sur l'info, et Bami fit une entrée tonitruante dans le monde du football. Il fut surnommé « Taxi » et, dès son premier match, la télé vint le filmer. On lui demanda de bien vouloir redescendre d'un taxi, comme s'il arrivait, de bien vouloir faire mine de dormir dans le but, de jongler avec la balle et de tirer quelques coups francs. On lui posa peu de questions car il avait peu de réponses, mais on en fit une star.

Au travail, Taxi faisait des progrès. Solitaire dans la vie, il ne semblait s'éveiller que lorsqu'il mettait le pied dans le Chaudron Vert. C'était un avant longiligne que les défenseurs avaient du mal à contrôler. Il savait se faire oublier et il plaçait des accélérations si soudaines et si brutales qu'on avait peine à le suivre. Il avait le but dans les pieds, frappait dans n'importe quelle position, semblait avoir des yeux derrière la tête. Il ne lui manquait qu'une petite dizaine de kilos de muscles. On les lui offrit.

Après chaque match, Taxi découpait les articles et enregistrait les émissions de radio pour envoyer le tout à ses amis du village. L'équipe des Rienfoutants, qui commençait à faire parler d'elle dans le championnat local, affichait le tout sur le panneau officiel du stade. Tout le monde attendait le jour où Taxi serait champion de France et reviendrait jongler avec ses vieux copains. Ce jour-là, il y aurait du monde à l'aéroport.

Les jeunes travaillaient dur les coups de pied arrêtés dans l'espoir qu'un jour prochain le grand Taxi les ramènerait dans ses valises jusqu'à Saint-Étienne.

Mamadou accepta sans broncher toutes les tâches que l'on voulut bien lui confier. Il savait la gravité de sa faute et il adopta un profil bas. On le vit aux jardins, aux fourneaux, au déboisage, aux volailles, à la cueillette, à la confection du vin de palme. Il était partout et presque invisible. Chaque jour il rendait hommage à Chamboula, prenait ses consignes et se mettait au travail. À l'heure des repas, il se tenait sagement à l'écart, picorant comme un oiseau.

Les filles le plaisantaient et le menaçaient de l'enfermer dans un placard comme un bon outil. Il riait de bon cœur à leurs plaisanteries.

Il apporta de bonnes idées dans l'organisation pratique du village. Il n'avait pas son pareil pour creuser des canaux d'irrigation minuscules qui venaient jusqu'au pied des plantes déverser une sorte de goutte-à-goutte économe qui laissait les courges en joie.

Très vite, il fut décidé de le libérer de ses liens et de le laisser aller à sa guise.

À voir vivre toutes ces jeunes filles, Mamadou éprouvait les plus vifs désirs. Surtout le matin, lorsque, encore décoiffées, elles s'étiraient dans la lumière du petit jour, portant haut les seins et les fesses, tirant long les muscles des cuisses et des bras. Il en aurait volontiers croqué quelques-unes et il savait très bien que plus d'une se serait laissé croquer. Mais dans sa grande sagesse il devinait que cela risquait fort d'être pour lui le début de la fin. Il rongeait son frein et baissait les yeux aux heures chaudes. Il aimait son travail et la compagnie des filles. Il aimait surtout se sentir proche de Chamboula. Il admirait tout en elle et sa fréquentation quotidienne était un charme puissant.

Un soir, il frappa à la porte de sa case pour l'instruire d'une chose qui le tracassait.

Chamboula le fit entrer et asseoir sur le bord de son lit.

— Que se passe-t-il ? demanda-t-elle.

— Il faut que je te dise que je suis inquiet. J'ai l'impression que des hommes rôdent autour du village. Je ne les vois pas, je les sens. C'est peut-être une illusion, mais je voulais que tu le saches.

— Je sais. Ils sont ici.

— Veux-tu que je fasse une ronde ?

— C'est inutile. Ils sont autour de nous. Ils ont trouvé notre chemin. Comme toi. Est-ce si surprenant ?

— Il ne faut pas qu'ils entrent dans le village. Que veux-tu que je fasse ?

— Rien. J'y réfléchis depuis quelque temps déjà. Tu es gentil.

Elle vint s'asseoir près de lui et, pour récompense de sa fidélité, le prit tout entier dans sa belle bouche.

Lorsqu'elle le reconduisit à la porte, elle porta le doigt devant ses lèvres pour l'inviter à se taire. Il se sentait bien trop heureux pour proférer le moindre son.

Quelques jours plus tard, Mamadou fut promu responsable du péage que Chamboula organisa pour les hommes qui voulaient entrer en son village.

Les premières élections furent houleuses. Personne n'avait vraiment le mode d'emploi et le résultat fut une surprise : sur les 45 000 inscrits, il y eut 60 000 votants et le Chef obtint 80 000 suffrages. Les observateurs internationaux, les observateurs locaux trouvèrent ce décompte louche. Le Chef, lui, le trouvait normal ; selon lui, il reflétait exactement sa popularité dans la population de la cité. Il défila, suivi de son Conseil au grand complet, et prit ses premières décisions.

Après analyse et réflexion, après palabre et consultation internationale, il fut décidé que ces élections devaient être invalidées et que l'on en organiserait d'autres.

Il fallut de longues semaines avant que n'arrivent les urnes en plastique transparent qu'on avait commandées sur le catalogue. Il fallut de longues semaines pour s'assurer que chaque candidat avait bien le même nombre de bulletins de vote imprimés avec sa photo afin que les illettrés puissent le reconnaître.

Enfin, on revota. Les urnes étaient sous haute surveillance et chacun put déposer un bulletin et un seul. Le Chef vint voter dès l'ouverture et on le filma pour la télévision locale qui commençait à émettre à cette occasion. Le dépouillement fut mené avec autant de rigueur que possible. On déplora quelques bagarres et quelques coups de feu, mais la régularité de l'opération fut reconnue.

Le Chef fut battu au premier tour. Cela créa une certaine émotion chez ses partisans, qui commencèrent à tirer leurs machettes. Le Chef les arrêta d'un geste. Il monta sur sa chaise au milieu de la place, convoqua la télévision et annonça qu'il se foutait bien d'être maire et qu'il restait le Chef.

Il y a parfois des ratés de cette sorte dans l'avènement des mondes nouveaux.

Le mercredi, jour où le courrier était distribué, un attroupement se faisait devant la case de la mère de Boulot. Tout le monde attendait la lettre. Le facteur lui-même interrompait sa tournée pour attendre son ouverture et la lecture à haute voix des nouvelles.

La mère de Boulot découpait soigneusement l'enveloppe avec une lame. Elle jetait un coup d'œil à l'intérieur puis sortait le contenu pièce par pièce. La lettre, la carte postale et la page blanche soigneusement pliée. Elle ouvrait cette dernière et en tirait des billets de banque qu'elle faisait voir à tous avant de les empocher. Souvent, elle s'arrangeait pour en cacher le nombre exact. Elle laissait ensuite la carte postale circuler de main en main. En règle générale, elle montrait un nouveau monument de Paris, et chacun s'extasiait devant tant de beauté et chacun enviait Boulot qui vivait dans la capitale. Enfin venait le moment de la lecture de la lettre. La mère de Boulot prenait son temps. Elle aimait captiver son auditoire en ajoutant au texte de son fils des commentaires personnels destinés à éclairer le propos. Boulot donnait des nouvelles fidèles de sa vie parisienne mais savait parfaitement cacher ses misères et ses douleurs. Il parlait volontiers de son costume blanc du dimanche, de son costume gris du lundi, du violet de vendredi, mais il se gardait bien de décrire la chambre qu'il partageait avec huit autres garçons. Il racontait volontiers les boîtes où il allait danser mais passait sous silence celles où on ne le laissait pas entrer.

Ce mercredi-là, la lettre racontait que Boulot avait trouvé un nouveau travail.

« J'ai abandonné la coiffure, expliquait-il, au profit de la téléphonie qui est l'avenir de l'homme. Je travaille dans une compagnie qui installe la télévision par câble et la connexion Internet et je suis chargé de répondre au téléphone. Comme le système ne marche pas, je reçois beaucoup de plaintes. C'est un métier d'avenir. On m'insulte et je dois rester calme et poli. J'apprends beaucoup d'insultes et je fais des progrès dans la langue. Le patron dit que mon accent apaise les esprits. Et pour cela, tiens-toi bien chère maman, on me paie à la fin de chaque mois et j'ai tous les avantages rassemblés de la société.

« Sinon, il pleut toujours et les pigeons me chient toujours dessus par en haut. Je porte donc un bonnet de protection en laine tricotée. On m'assure que cela devrait finir bientôt, la pluie, pas les pigeons.

« La carte postale vous montre la porte Saint-Denis qui était un bon saint. Je l'ai choisie parce qu'on voit dans le fond la petite supérette où j'achète de la bière.

« Je t'assure ma chère maman de toute ma tendresse parisienne, je te glisse quelques billets pour tes économies à condition que tu n'oublies pas de faire la fête et je te prie de dire aux amis que je vais bien et que je les attends pour aller au match voir Taxi Bami qui a encore marqué hier soir sur coup franc contre Marseille.

« Ton fils éternel,

« Boulot. »

Tard dans la nuit, on se racontait encore les aventures parisiennes de Boulot et les jeunes hommes se racontaient comment ils allaient le rejoindre et le passeur venait leur rendre visite « en passant » et leur racontait comment il fallait sauter dans le bateau pour les Canaries où les oiseaux chantaient et combien cela coûtait et combien cela coûterait après pour rejoindre Paris.

Kalou se demandait comment faire disparaître du paysage tous les ministres qui pourraient éventuellement se trouver devant lui dans la hiérarchie du gouvernement. Il tenait fermement à la position de numéro deux, parce que si le numéro un avait un accident, ce qui pouvait toujours arriver, il deviendrait automatiquement numéro un sans avoir à faire les frais toujours risqués d'une bataille. Le plus difficile serait d'éliminer le ministre de l'Intérieur, qui avait la police dans sa manche et qui savait se faire protéger. Cet animal était un rude concurrent. Il était même difficile de l'approcher physiquement. En outre, le président le tenait en haute estime, car il avait sur lui des dossiers extrêmement compromettants.

Kalou en était à rêver d'une épidémie foudroyante et massive lorsque son aide de camp lui apporta une lettre qui venait de Paris.

Kalou le congédia et ouvrit la missive avec le poignard qui ne quittait jamais le dessus de son bureau.

C'était une longue lettre de Boulot.

Boulot avait quitté le village il y avait longtemps déjà et il n'avait pas eu de nouvelles depuis. Il ne le considérait pas comme un proche, mais ils s'étaient bien connus et bien battus. Boulot dans son enfance respectait la force et la ruse de Kalou ; Kalou, lui, respectait l'intelligence rapide de Boulot.

Boulot expliquait dans sa lettre qu'il suivait des cours à l'Institut d'études politiques de Paris et qu'il lui serait utile de savoir ce qui se passait exactement dans le pays pour préparer un exposé. Il posait ensuite une foule de questions précises sur les forces politiques en présence, sur l'humeur du peuple, sur le fonctionnement de l'État, sur l'avancement de la démocratie, sur les hommes forts, sur les menaces extérieures et intérieures, sur la pression des grandes multinationales, sur les finances, sur l'armement, etc.

Kalou trouva que cela faisait beaucoup pour un simple exposé et flaira qu'il avait tout à gagner à répondre soigneusement aux questions de Boulot.

Il dressa donc un portrait complet du pays, aussi fidèle que possible, aussi proche que possible de ce qu'il pouvait en voir et en savoir, et il promit à Boulot de lui rendre visite lorsqu'il se rendrait lui-même au Salon du Bourget.

Chamboula revenait souvent en ville. Elle était conviée aux réceptions de l'ambassade, aux cocktails des compagnies. Elle s'amusait de voir les blancs la courtiser. Certains se montraient jolis garçons, élégants dans leurs costumes cintrés, redressés comme des coqs, fiers. D'autres avaient toujours trop chaud et s'épongeaient le front. Certains tremblaient de malaria.

Les plus malins l'interrogeaient sur le cours des affaires et du monde, essayaient de prendre le pouls de la ville à travers elle. Elle était leur médium et sentait mille choses qu'ils ne sentiraient jamais. Ils le savaient. Elle leur disait ce qu'elle voulait bien leur dire. C'était son petit jeu.

Chaque invitation était pour elle l'occasion de faire une promenade dans la ville. Elle voyait sans nostalgie les tours monter, elle voyait sans surprise le quartier blanc embellir, elle constatait que de semaine en semaine le cimetière était plus grouillant de vie et de bruit. Elle aimait regarder les vitrines où s'entassaient les produits du monde. Sa préférence allait vers les sacs à main.

Le temps avait passé vite pour son pays. Une accélération de quelques siècles en quelques années. Les gens couraient derrière leur ombre pour tenter d'attraper le grand train du monde. Certains ne couraient plus. Ils étaient assis là, le long des trottoirs, chauffant la pierre de leurs fesses maigres, fumant et buvant, confits dans leur absolue pauvreté, attendant la mort dans la plus grande fatigue.

Mais ce que Chamboula aimait par-dessus tout lors de ses visites, c'était retrouver en imagination la forme de son village, cachée sous la grande ville. Mine de rien, elle comptait les pas d'une case à une case, de la place à la fontaine. Mine de rien, elle retraçait le chemin du lion. Cela l'amusait et faisait remonter les souvenirs doux du temps où elle traversait la place en faisant bander les hommes un à un sur son passage, sans jamais en regarder aucun.

Lorsque je suis arrivé en ville pour la première fois, on ne l'appelait plus Village Fondamental depuis longtemps. Elle était devenue Macombo et comptait déjà deux millions d'habitants. J'y arrivai comme volontaire du Service international, j'avais vingt-trois ans. Ma mission consistait à aider les agriculteurs à acclimater des plantes qui auraient un meilleur rendement que celles qu'ils avaient l'habitude de planter. J'apportais avec moi des souches plus résistantes à la chaleur, moins gourmandes en irrigation, plus généreuses. J'avais aussi pour consigne d'essayer quelques plantes transgéniques pour juger des conséquences de leur consommation dans la population locale.

Le premier constat que je fis, c'est que les meilleures terres, celles qui se trouvaient près du fleuve, avaient été annexées par les pétroliers et par un club de vacances. Le reste, où l'on plantait, était sec et pauvre.

C'est à cette époque que je pus rencontrer Chamboula, dans une ferme où elle choisissait des légumes pour son émission. C'était une femme magnifique avec un sompteux derrière dont on vantait encore partout la beauté. Son charme tenait également beaucoup à sa conversation, qui était vive et imagée. Elle se souvenait du moindre événement et savait raconter les hommes

253

et les histoires qui se finissent comme seuls savent le faire les grands conteurs.

Lorsque je m'étonnai de sa mémoire, elle m'avoua avoir cent cinquante ans et je fus contraint de lui avouer que cela ne se voyait ni sur son corps ni sur son visage, qui portaient la jeunesse et la beauté.

À cette époque, elle travaillait encore pour la télévision, où elle présentait ses recettes combinées de cuisine et de sagesse, mais la grande vedette était une petite jeune fille qu'elle avait connue autrefois au Village Fondamental et dont elle avait repéré immédiatement la grande et durable beauté. Elle promit de me la présenter.

Puis elle me prit par le bras pour m'entraîner à l'écart et m'avoua qu'elle avait un secret dont elle souhaitait se soulager. Elle me le confia, ce qui lui fit du bien et ne me fit pas de mal. Ensuite, nous prîmes l'habitude de nous voir régulièrement pendant toute la durée de mon séjour et lors de tous mes séjours suivants.

Boulot et ses nouveaux amis choisirent la boutique du boulevard de Strasbourg qui avait la plus belle vitrine. La plus belle vitrine est celle qui présente le plus grand nombre de costumes avec les chemises et les chaussures assorties, le plus grand nombre de cravates larges dans toutes les couleurs. Celle qui indique que l'on pourra trouver toute la sape sur place sans avoir à se rendre dans plusieurs magasins.

Cette boutique-là connaissait bien les sapeurs, aussi avait-elle une cabine d'essayage grande contenance pour sept personnes à la fois avec entourage complet de miroirs. Chaque habit devait être essayé sept fois parce que, même si les sapeurs se choisissaient de même taille, il ne fallait rien laisser au hasard, ce qui plaisait à l'un devait plaire aux autres. Si l'un d'entre eux boudait sur un modèle, il fallait le convaincre ou changer de projet.

Une bataille s'organisa autour du col de la chemise. Deux clans s'affrontaient, le clan des deux boutons au col qui remontaient la chemise très haut sur le cou et le clan des longues pointes qui disparaissaient sous les revers de la veste mais que l'on pouvait également porter sans cravate par-dessus le veston. Boulot trancha pour les longues pointes mais eut du mal à convaincre les irréductibles, car il ne possédait pas encore toutes les subtilités de la langue de la sape. Il trouvait les longues pointes très jolies mais il avait du mal à dire pourquoi. Tous étaient d'accord en revanche pour penser que rayée en biais dans les mauves était un bon choix pour une chemise du soir.

Boulot prit aussi un pantalon à taille haute avec une bande de satin sur les côtés et aux revers et une redingote blanche à six boutons devant, taillée dans un tissu moiré qui brillait dans les glaces de la cabine. Ses amis se mirent à chanter pour qu'il danse devant eux et que l'on puisse juger de l'effet produit. Le bon effet produit sur le sapeur donne généralement un bon effet sur la danseuse. Comme dit la sagesse des sapeurs : « Si tu es joli à regarder, tu es joli à regarder. »

Gaston de Paris noua une cravate jaune autour du cou de Boulot, qui n'avait jamais porté de cravate. Il lui fit un gros nœud qu'il eut un peu de mal à glisser sous le col de la chemise.

– Regarde-toi, mon frère, lui dit-il, et pense à ton village. Un jour tu iras les voir comme ça et leurs yeux tomberont.

Ils firent ensuite le test de la vendeuse. Boulot sortit de la cabine et s'avança vers elle. Elle le regarda de la tête aux pieds. Il tourna et retourna sur lui-même pour qu'elle puisse juger de toutes ses faces.

– Vous êtes bien sapé, monsieur, conclut-elle.

Et l'affaire fut faite.

Chacun paya un septième du prix et, comme on était samedi, il fut décidé que ce costume serait à Boulot chaque samedi.

Dans la nuit de Paris, la pluie grise battait la vitre au-dessus du châlit. Boulot se retournait dans son sommeil. Autour de lui, ses compagnons ronflaient. Boulot poussa un cri. Un nuage énorme avançait au-dessus de son village. Il voyait le noir tomber sur son peuple. Le village tout entier était plongé dans l'obscurité et le jour ne parvenait plus à se lever. Il voyait les femmes et les enfants pleurer, les récoltes pourrir de tristesse, les enfants réclamer à manger, les guerriers tourner en rond, les yeux levés vers le ciel. Dans son cauchemar, il voyait le Chef et le Sorcier désemparés. Des larmes phosphorescentes coulaient de leurs yeux vides sur leurs joues. Elles seules brillaient dans l'obscurité. Il voyait son peuple désespéré partir pour une longue marche de ténèbres. Le village entier cheminait vers ce qu'il pensait être la lumière. Boulot voyait ses semblables tomber de faim et de fatigue sur le bord du chemin. Il voyait les mères serrer contre leur cœur le cadavre de leurs enfants. Il implora les ancêtres pour leur demander pourquoi ils faisaient revenir la fuite et la faim.

Au moment où ils allaient lui donner une réponse, il s'éveilla dans la plus lourde sueur et dans le plus grand tourment. La pluie tombait sur la nuit de Paris et là-bas au coin, brouillé par les gouttes, il pouvait voir le néon rouge du café battre comme un cœur.

Boulot devint le jouet des enfants de la famille blanche. Il ne fallut guère plus de trois semaines pour qu'il se trouve adopté par les deux enfants de la maison. Ils lui sautaient sur le ventre, l'invitaient dans leurs jeux, se faisaient conduire ici ou là sur un coup de tête, et Boulot s'en amusait. Il leur préparait le goûter qu'il leur apportait à la sortie de l'école et ils le mangeaient dans la voiture, semant des miettes partout. Il les aspirait ensuite avec l'aspirateur de la maison, qu'il avait également appris à conduire.

Il était heureux d'avoir une petite fille et un plus grand garçon parce que leurs jeux étaient différents. Boulot était très fort aux jeux vidéo et livrait des batailles acharnées au petit bonhomme. Il était très fort pour la construction et il construisait dans le jardin avec la petite jeune fille un labyrinthe où elle aimait se perdre et le perdre à tour de rôle.

Mais ce que Boulot préférait, c'était les amener dans un coin de brousse et leur apprendre la bonne marche des choses mystérieuses du pays. Le secret des renards, le mystère des serpents jaunes, la taille de la flèche de l'arc, l'équilibre de la sagaie.

Le soir, il leur faisait faire leurs devoirs et il se montrait sévère. « Je vais te rouler les gros yeux ! »

menaçait-il la petite fille en forçant son accent. « Je vais te montrer les grandes dents ! » promettait-il au garçon.

En échange, les enfants dressaient un rempart entre leurs parents et lui. Il n'était pas question de toucher à un cheveu de la tête de Boulot. Aucune de ses bêtises n'était sanctionnable, aucun de ses travers ne justifiait remarque. Chaque oubli lui était pardonné.

Tout en s'occupant des enfants, Boulot guettait du coin de l'œil leur mère, qui s'épuisait en démarches de toutes sortes, qui ne comprenait rien à la façon de vivre des gens alentour et se faisait gruger dix fois le jour. Elle rentrait épuisée, embrassait distraitement les petits et se plongeait dans ses papiers et dans ses comptes.

Boulot gagnait énormément d'argent, énormément pour lui s'entend. Il touchait un salaire et on lui donnait souvent un petit quelque chose lorsqu'il faisait une course supplémentaire ou lorsqu'il prêtait main-forte à un voisin. N'ayant rien à acheter, il plaçait le tout dans une boîte et comptait et recomptait sa fortune chaque jour.

Lorsqu'il fut assez riche pour acheter un pot de peinture, il décida d'ouvrir son commerce. Sur une longue planche il écrivit en lettres bâtons : « LA VIE FACILE » et en dessous, en plus petits caractères : « maison pour blancs ». Il cloua le tout au-dessus de la porte de sa case et attendit le client. Son idée était d'accomplir toutes les démarches que devaient accomplir les nouveaux arrivants.

Il faisait ça en dehors des heures de travail, comme un jeu. La petite fille fut nommée secrétaire et son frère, frère à tout faire. Ce fut la cohue.

Boulot négociait tout, faisait gagner de l'argent à tout le monde et s'en faisait donner par tout le monde – ceux pour qui il démarchait et ceux auprès de qui il démarchait et qui bataillaient pour obtenir sa pratique.

Boulot, qui gagnait beaucoup d'argent, devint riche au point de ne plus compter sa fortune. Lorsque d'autres noirs devinrent riches aussi, ils lui demandèrent d'effectuer pour eux des démarches. Boulot transforma donc son enseigne et ajouta : « et noirs ».

Il devint deux fois plus riche.

Dès le départ, Boulot prit la mouche. On lui avait promis un 400 de record et le gars dans le couloir devant le sien s'élançait à fond. Boulot accéléra pour ne pas perdre le contact. À la sortie du premier virage, ils couraient côte à côte. La ligne d'en face ne les départagea pas. Dans le second virage, Boulot décida de gagner et accéléra. Son corps était penché vers l'intérieur du virage, ses foulées étaient longues et soudain il perdit tout appui sur le pied gauche et s'effondra.

Il resta immobile sur la piste le temps que tous ses adversaires passent puis il s'assit. Il ne sentait rien. Il prit sa jambe gauche, la leva. Son pied pendait au bout comme un chiffon.

Rupture du tendon d'Achille. Nul besoin de lui faire un dessin. Même le Sorcier ne pourrait rien pour lui.

Les filles s'élançaient devant lui pour le saut en hauteur. Au petit trot on approchait une civière.

Sa carrière de coureur à pied s'acheva donc sur trois mois d'hôpital et six mois de rééducation à la Clinique du sport.

Dans son lit, il perdit le goût trop abstrait de la mathématique et décida de se lancer dans la politique.

Boulot leva les bras à l'appel de son nom. Comme il ne disait rien à personne, les applaudissements furent mesurés. Les gros cadors se trouvaient tous devant lui. La plupart étaient noirs, mais leur nationalité révélait peu de leur origine. Il y avait ceux qui couraient la monnaie dans les gros pays, qui se transformaient en Américains, en Anglais, en Français. Il y avait aussi la nouvelle vague de ceux qui recherchaient des petits pays bizarres où la lutte antidopage était moins bien organisée.

Il allait les reprendre tous, un par un. Ce serait la course la plus drôle de sa vie, celle où personne ne vous attend, où vous explosez comme un pétard. Ensuite vous portez la pancarte pour toute votre carrière et la forme des courses change.

Il en reprit deux dans le premier virage puis deux dans la ligne d'en face. Dans le second virage il ne reprit personne et il en restait trois devant. Ces trois-là se distribuaient déjà la couleur des médailles lorsqu'il passa la surmultipliée et fit une ligne droite d'enfer. Il les passa tous les trois et finit avec cinq bons mètres, bras levés. Maintenant on allait se souvenir de son nom.

Meilleur temps européen de la saison. Meilleure surprise mondiale.

Il fit un petit tour d'honneur, on lui fit répéter son nom à la télévision et il retourna au vestiaire pour se changer avant la cérémonie protocolaire. Là, un monsieur courtois et grave lui tendit une petite fiole de plastique et lui enjoignit d'y faire pipi.

Ce qu'il fit.

Kalou posa affectueusement son bras sur les épaules de Boulot.

– Bienvenue au pays, mon ami ! lui dit-il.

Boulot venait tout juste de finir Sciences-Po et débarquait à l'aéroport flanqué d'une femme blanche qui regardait Kalou de travers.

Kalou attendait ce moment depuis de longs mois. Il se savait barré en politique par sa réputation de méchanceté, par son passé peu glorieux et par ce qu'il fallait bien nommer une sale tête. Il sentait qu'il serait toujours redouté mais jamais aimé. En démocratie, cela ne pardonne guère. Il avait décidé que Boulot serait sa bonne tête.

Boulot était très présentable. Élégant sans ostentation, grand, mince, portant lunettes rectangulaires et sérieuses, il avait tout du chef d'État moderne dont le pays avait besoin. Le prestige de ses études parisiennes, le respect dû à sa famille, sa connaissance du terrain, ses amitiés locales et extérieures, tout plaidait en sa faveur.

Lui avait l'intention de rester dans l'ombre et de tirer les ficelles. Il y avait gros à prendre. Boulot de retour, il n'était plus qu'à un coup d'État de son rêve. Échec et mat !

Comme dit la sagesse : « Quand le rêve approche, approche-toi de la réalité. »

Kalou laissa Boulot se poser quelques jours, le présenta aux hommes de pouvoir, le présenta aux hommes de confiance, lui trouva un poste dans son cabinet, lui fit composer quelques discours militaires bien sonnants. Parallèlement, il l'introduisit dans les milieux de l'opposition, lui conseilla de prendre quelques positions politiques avancées – anti-occidentales, anti-multinationales. Lui demanda de se montrer critique avec la politique en place et surtout avec le président, vendu au capital colonial.

Kalou démissionna de son poste au gouvernement et le président tomba dans une embuscade tendue par ses meilleurs généraux. Il mourut de quarante-trois balles tirées dans la poitrine. Personne ne revendiqua vraiment l'attentat, mais Boulot se retrouva le soir même porté en triomphe sur la grande place et devint président.

Certains généraux qui étaient dans le mauvais coup jugèrent que tout cela ressemblait à du passe-passe et abattirent Kalou d'une balle dans l'anus.

La présidence de Boulot ne commençait pas exactement comme une question de cours à Sciences-Po.

Lorsque Boulot revint au pays bourré de diplômes et du désir de bien faire, la démocratie était à peu près en place. Il n'eut aucune peine à se faire un chemin et se retrouva très vite au cabinet du Premier ministre et très vite son conseiller spécial.

Lorsque le Premier ministre se retira, il le désigna pour lui succéder et le président n'y vit aucun inconvénient.

Il faut dire que Boulot était populaire. Sans transiger avec ce qu'il était devenu, sans renoncer à son intrépide femme blanche, il savait se faire apprécier du petit peuple. Il semblait infatigable. On le voyait partout. Souvent, le soir, après sa longue journée de travail, il allait jusqu'au cimetière s'asseoir sur un coin de tombe pour bavarder avec Doigts de Liane. Le cimetière lui semblait à l'image de son plus vaste monde et il aimait la façon dont Doigts de Liane tentait de le rendre meilleur. Il aimait son autorité paisible et son sens du possible. Doigts de Liane ne promettait rien qu'il ne puisse tenir.

Boulot en faisait son modèle. Ses promesses étaient toujours mesurées mais tenues, ses espoirs étaient réalistes, ses discours étaient prononcés sur un ton calme, il savait reconnaître ses erreurs lorsqu'il en faisait et il semblait avoir le sens du bien public.

Le pays progressa. Rien n'y était merveilleux, mais la confiance internationale grandissait, les capitaux affluaient et on pouvait penser à l'avenir.

Souvent Boulot était appelé en renfort pour faire entendre raison à l'un ou l'autre de ses voisins empereurs qui jetait le bébé avec l'eau du bain.

Vint le moment où Boulot put hausser d'un cran le ton et commencer à revendiquer une part sérieuse de profit sur les richesses du sol national. La grande pauvreté effacée, il était temps pour lui de faire grossir une classe moyenne dont le pays avait grand besoin pour grandir, une classe de professeurs, de contremaîtres, de techniciens, d'informaticiens, sur laquelle il pourrait fermement s'appuyer.

Le bruit courait qu'il se présenterait à la prochaine élection présidentielle. Voici ce qu'il disait dans son discours :

« Nous avons connu le travail harassant exigé en échange de salaires qui ne nous permettaient ni de manger à notre faim, ni de nous vêtir ou de nous loger décemment, ni d'élever nos enfants comme des êtres chers. Nous avons connu les ironies, les insultes, les coups que nous devions subir matin, midi et soir parce que nous étions des nègres.

« Nous avons connu nos terres spoliées au nom de textes prétendument légaux, qui ne faisaient que reconnaître le droit du plus fort. Nous avons connu que la loi n'était jamais la même selon qu'il s'agissait d'un blanc ou d'un noir, accommodante pour les uns, cruelle et inhumaine pour les autres. Nous avons connu les souffrances atroces des relégués pour opinions politiques ou croyances religieuses : exilés dans leur propre patrie, leur sort était vraiment pire que la mort même. Nous avons connu qu'il y avait dans les villes des maisons magnifiques pour les blancs et des paillotes croulantes pour les noirs ; qu'un noir n'était admis ni dans les cinémas, ni dans les restaurants, ni dans les magasins dits européens.

« Tout cela, mes frères, nous en avons profondément souffert, mais tout cela aussi, nous, que le vote de vos représentants élus a agréé pour diriger notre cher pays, nous qui avons souffert dans notre corps et dans notre cœur de l'oppression colonialiste, nous vous le disons, tout cela est désormais fini.

« La République a été proclamée et notre cher pays est maintenant entre les mains de ses propres enfants. »

Un jour, fut enfin organisé le match de gala dont tout le monde rêvait entre l'équipe des Rienfoutants et l'équipe de l'Association sportive de Saint-Étienne menée par Taxi Bami, l'enfant du pays. Boulot avait monté cette affaire avec Taxi et se réjouissait de la soirée.

Dès le début de la première mi-temps, Bami fit montre de ses talents. Il loba le gardien et vint dans la foulée lui taper gentiment sur la tête. Un peu plus tard, il mit un but sur coup franc. La foule était debout et hurlait.

Boulot était assis dans la tribune présidentielle et se régalait du spectacle. Il fut bien sûr assassiné juste avant la mi-temps. Une rafale le coucha, anonyme dans la cohue, à peine entendue. Il fut touché à la face et au cou et son sang n'en finissait pas de gicler, inondant sa femme qui se trouvait à ses côtés et hurlait en crachant des bulles rouges.

Pour lutter contre le bruit des chantiers, Doigts de Liane choisit un arbre qui poussait dans le chemin du vent, un arbre plutôt chétif, portant peu de feuilles et pas trop haut poussé dans le ciel. Il s'assit dessous avec une collection de calebasses nouée dans un grand tissu coloré. Il regarda longtemps l'arbre et il regarda longtemps les calebasses. Quand il les eut bien regardés, il ferma les yeux pour les entendre. Lorsqu'il les entendit clairement dans sa tête, il rouvrit les yeux et se mit au travail. Dans chaque calebasse il perça un trou pour laisser filer l'air et il fit une entaille en sifflet pour le laisser entrer. Lorsque les calebasses étaient grosses, il y faisait deux entailles ou davantage.

Quand cette besogne fut terminée, que Doigts de Liane eut mangé et dormi, vint le moment délicat de suspendre les calebasses.

Doigts de Liane monta dans l'arbre et les suspendit comme on accroche des notes sur une portée. Il les disposa grossièrement pour que le vent les fasse siffler, chacune dans sa propre musique. Ensuite, lorsque toutes furent en place, il accorda l'arbre, qui donna un son magnifique, fait de ténèbres et d'eau fraîche, et s'assura que sous chaque calebasse se trouvait bien une petite tige qui lui permettait de tourner le dos au vent.

Le lendemain, à l'heure où la brise du soir se lève, il réunit les villageois, les fit asseoir en cercle et leur joua de l'arbre. Il dansait d'une petite tige à l'autre, laissant passer le souffle du vent chaque fois que cela était nécessaire à sa mélodie.

D'abord, le vent joua une musique douce, presque inaudible, puis il se renforça peu à peu et la beauté de la musique envahit le village, dominant le grincement métallique des oiseaux de fer, effaçant la claque des bâtisseurs, enfonçant sous terre le ronron des bulldozers. Le lion sur son chemin vers la fontaine s'arrêta pour écouter. Le chef du village posa son mètre ruban sur ses genoux et il y eut un moment de grande paix.

Lorsque le vent tomba, emporté par la nuit, Doigts de Liane promit que la prochaine fois il chanterait et que tous chanteraient avec lui, car, selon lui, il y avait urgence à chanter.

On salua le musicien et le grand instrument et il fut décidé qu'on le nommerait « arbre à gourdes » et que ce serait le nom de cet instrument.

Pour régler définitivement le problème des élections qui risquaient de ne pas lui être favorables, le Chef décida que tous les malheurs du monde venaient de la tribu qui habitait une ville voisine et que cette tribu devait être rayée de la carte. Elle parlait une langue bizarre et la communauté avait des habitudes peu compatibles avec la civilisation. En outre, leur Pays des Ancêtres était sec et leur avenir bien incertain. Il serait mieux de prendre leur territoire pour assurer l'expansion de Macombo.

La règle du jeu était simple, il suffisait de les traquer un par un et de leur fendre la tête en deux parties. Il fallait bien veiller à ne pas épargner les enfants, qui pourraient grandir, et les mères, qui pourraient en faire d'autres.

Cette idée séduisit ceux qui aimaient la bataille, ceux qui s'enivraient de l'odeur du sang, ceux qui croyaient que le Chef avait toujours raison, ceux qui appartenaient à l'armée ou à la police et qui n'avaient pas le choix et ceux qui n'avaient rien à faire et pour qui une bonne extermination générale serait une sorte de sport. Les élections furent remises à plus tard et on décréta l'état d'urgence.

Les femmes de Macombo résistèrent, serrant leurs

petits contre elles, refusèrent de laisser aller leurs maris au massacre, pleurèrent nuit et jour et regardèrent les hommes dépenaillés partir la machette à la main, derrière l'armée régulière qui s'en allait massacrer au pas.

Le Chef prit les pleins pouvoirs. Il était indispensable de faire très vite parce que le pétrole provoquerait une réaction des États-Unis et de l'ONU. On n'en était plus au temps heureux des massacres tranquilles.

Le Chef fit venir Kalou pour lui demander conseil. Il le nomma conseiller spécial et lui donna une mallette soigneusement façonnée avec les canettes de Coca et préalablement garnie pour s'assurer ses bonnes grâces.

– Kalou, lui demanda-t-il, comment gagne-t-on à coup sûr des élections ?

– En interdisant les élections.

– Comment peut-on interdire les élections ?

– Je dois reconnaître que c'est de plus en plus difficile.

– Alors ?

– On peut tricher en bourrant les urnes ou en inventant des électeurs imaginaires : c'est la méthode connue sous le nom de « méthode de Paris ». Mais comme elle est connue maintenant, c'est une méthode difficile. On peut aussi créer une émeute, un état de guerre, une insurrection.

– Après les élections, est-ce qu'on peut interdire à celui qui est élu de se présenter ?

– S'il est élu c'est trop tard.

– On peut peut-être lui interdire d'être élu ?

– Ils sont rarement d'accord, après… Non, je crois que le mieux, c'est de se faire élire.

– Ça va chercher dans les combien ?

– Il faut faire la campagne électorale, serrer les mains, promettre les lunes, tapoter le crâne crépu des enfants…

– Mais ils me connaissent tous et je les connais tous !

– Tu connais ceux que tu connais, mais il faut connaître ceux qui votent.

– Cela fait beaucoup de monde. La ville est grande désormais et je suis un vieux chef. Ne peuvent-ils pas passer me voir ?

– Si, mais alors il faut donner un billet à chacun.

– Et ils voteront pour moi ?

– Ce n'est pas sûr. Ils peuvent aussi garder le billet et voter pour l'autre. L'autre peut aussi donner deux billets.

– Le salaud !

– Je te conseillerais donc, Grand Chef, de commencer par en donner tout de suite trois. Ainsi tu as de grandes chances d'être réélu.

– Tu es de bon conseil, Kalou. Je saurai m'en souvenir.

SAV, après son licenciement, passa en quelques heures de la stupeur au soulagement. D'abord, le ciel lui tomba sur la tête. Loin de tous les centres de décision, loin du monde parisien, il n'avait rien vu venir. Il se savait indispensable et ne pensait pas une seule seconde que l'on pourrait se passer de lui avant l'âge de la retraite. Il avait imaginé qu'on allait lui envoyer un junior pour le mettre au courant des arcanes de la vie locale et des contraintes terribles de l'exploitation, que ce junior allait prendre de la bouteille sous sa houlette et qu'il passerait la main en douceur.

Paris choisissait la manière dure. Grand bien leur fasse ! Il aurait voulu être souris pour voir débarquer le nouveau patron et le voir tomber dans une palabre avec le Chef ou dans une « discussion amicale » avec Kalou. De quoi bien aiguiser un polytechnicien. Il rit tout seul.

Et puis il fut soulagé et décida de retourner tranquillement en France, se faire soigner et couler de beaux jours dans sa maison de Haute-Loire. Au programme : lecture et pêche à la truite. Il ne dit au revoir à personne. Il se rendit simplement chez Chamboula pour lui dire adieu. Elle l'écouta, le visage fermé et attentif, et ne prononça pas un mot. Elle resta debout. Après un moment de silence, il se retira à reculons et partit.

Il rentra au pays, tout heureux à l'idée de retrouver ses vieilles habitudes.

Il n'en retrouva aucune. Le village de son enfance était désert. Des petits vieux, plus vieux que lui, se tenaient assis sur des bancs. Sur aucun de leurs visages il ne put lire un souvenir, lorsqu'il leur adressait la parole ils ne savaient plus rien des autrefois. Les nuits étaient interminables, le vent du nord soufflait en hiver. Une angoisse terrible s'empara de lui. Tout se passait comme si, après lui avoir confisqué son travail, on lui dérobait sa vie. Il avait apporté de Macombo le goût de boire un verre de whisky, le goût se transforma en nécessité et il commença à vider des barriques.

Un matin, il ferma soigneusement les fenêtres, les portes et les volets et décida de se suicider à l'intérieur pour finir de pourrir là, tout de suite. Il savait que sous le granit dur du Massif central il n'y a pas de place pour un Pays des Ancêtres.

À l'instant même où il allait rentrer, il changea d'avis et fila au plus proche aéroport pour retourner à Macombo. Il passa deux jours couché sur les banquettes de la salle d'attente puis partit.

À Macombo, il s'installa dans le quartier des noirs les plus pauvres et il devint fantôme.

À quelque temps de là, il se mit en ménage avec Malika, la fille la plus laide de la ville. Elle avait connu un moment de gloire lorsqu'elle vivait dans l'éphémère village de Chamboula et elle se montrait fière. Elle accepta SAV comme esclave et lui faisait accomplir toutes les besognes. Il les exécutait avec calme et résignation, heureux de savoir ses jours tissés de minuscules et exigeantes bricoles, hérissés de caprices. Sa maladie progressait, le laissant impuissant, et Malika trouvait du bonheur à l'humilier dans le quartier. Elle n'appelait plus le fier et autoritaire SAV, l'ancien maître des lieux, que du titre de « Sa Mollesse ».

SAV était pourtant heureux d'être là parce qu'il savait qu'il n'existait pas de paix pour lui ailleurs dans le monde.

L'équipe des Rienfoutants de Macombo s'entraînait sur un terrain en latérite dur comme du boa, aussi
s'entraînait-elle peu.

Les joueurs faisaient principalement de la technique.
Ils coinçaient le ballon dans la nuque, le laissaient ensuite
glisser le long de la colonne vertébrale, puis, lorsqu'il
rebondissait sur les fesses, le frappaient du talon et se
redressaient d'un coup sec pour le reprendre de la tête.
Ce coup-là était particulièrement difficile et ils le réussissaient très bien. Leurs adversaires étaient surpris et
souvent s'arrêtaient de jouer pour les regarder faire.

Ils s'adonnaient également aux tirs au but. En début
de match, le gardien se tenait dans les cages et tentait
d'arrêter leurs tirs, ensuite, lorsqu'il était trop écorché,
ils tiraient dans les cages vides.

Tous les enfants du village assistaient aux entraî-
nements.

Ce qui faisait rêver les plus jeunes, c'était de porter un jour le ticheurte officiel de l'équipe. Taxi avait
fait faire par son nouveau sponsor, Abibas, des maillots
spéciaux avec la devise du Club Macombais : « Rienfoutants un jour, Rienfoutants toujours », et il avait
envoyé ça par surprise par le courrier du matin.

Grâce à lui, l'équipe se transforma. Il commença à

leur écrire chaque semaine une longue lettre, à la lecture de laquelle la deuxième partie de chaque séance d'entraînement était consacrée.

C'est ainsi que, petit à petit, les choses évoluèrent. Les joueurs labourèrent leur terrain, semèrent du gazon, arrosèrent deux fois le jour et suivirent, avec une semaine de scrupuleux décalage, le même entraînement que l'Association sportive de Saint-Étienne. Leur espion envoyé spécial ne ratait pas une séquence, et ils firent de réels progrès sans oublier pour autant leur légendaire fond technique.

Un jour qu'il faisait très chaud et que l'alimentation en eau avait été interrompue, les habitants du cimetière décidèrent de créer la République Indépendante du Cimetière, RIC. Ils ne voulaient plus dépendre de Macombo pour les services indispensables et revendiquaient une portion du fleuve et une fraction des revenus du sous-sol.

De chaque tombe jaillirent des hommes en armes et des femmes en furie. Jamais on n'aurait imaginé qu'il y eût une telle foule logée dans la maison des morts.

C'est le goût du bien-être qui les faisait sortir au jour. Leur révolution n'était pas une révolution du malheur. Ils se révoltaient de bonheur. Ils étaient bien dans leur organisation sociale, bien dans leurs demeures volées aux défunts, mais ils sentaient peser la menace envieuse des malheureux alentour. Ils tenaient à gagner leur liberté afin de se barricader et de vivre pour l'éternité dans le calme et la paix. Comme dit la sagesse : « Rien de tel qu'une bonne guerre quand on aspire à la paix. »

La révolution fut tranquille : personne n'avait vraiment envie de prendre leur place et une République de deux mille cinq cents mètres carrés ne constituait pas à proprement parler une menace.

Doigts de Liane se retira discrètement des affaires.

Il avait fait ce cimetière. Il lui avait donné son âme et les règles de sa bonne entente. Il flairait maintenant que tout cela allait se casser la figure et il n'en pouvait plus de recommencer le soir ce qu'il avait déjà fait le matin. Il décida de se consacrer à la musique et chercha à l'écart un endroit calme où l'on pourrait entendre les notes ténues qu'il aimait tant. Celles-là même qu'il était venu autrefois chercher dans la maison des morts.

Plus rien ne semblait pouvoir arrêter la ville. Elle grandissait à la vitesse de la lionne en chasse. Rien ne lui résistait. Chaque matin on voyait de nouvelles têtes qui sortaient de la brousse, abandonnant le malheur de la campagne pour se fondre dans un malheur plus bruyant. Chaque jour apportait de nouvelles vagues d'hommes bourrés d'espoir, souriant à leurs idées de richesse, rêvant de travail trop payé, de musique et de filles. Ces hommes arrivaient demi-nus, leur vieil arc à la main comme si la ville était un champ de tir, leur machette glissée dans le pagne comme s'ils devaient défricher les rues. En un instant ils se fondaient dans la ville. On les voyait se dissoudre en quelques heures. On perdait immédiatement leur trace, mais on devait bien admettre qu'ils étaient là puisque la ville grandissait.

Le village de Chamboula, dont la rumeur courait les taillis et faisait rêver les hommes de la brousse, n'existait déjà plus. La ville l'avait encerclé. Son pourtour était hérissé d'immeubles pour toujours inachevés, de constructions de briques, de bidonvilles.

Les rares maisons en dur n'avaient pas de toit, les nouveaux s'essayaient à reconstruire des cases en pisé que la pluie et la sale humeur de l'air coulaient en ruine, le plus souvent on se contentait d'un toit de tôle que le soleil mettait à cuire, parfois d'un simple carton des beaux quartiers qui avait contenu un frigo ou une télévision. L'essentiel était d'être là, au beau milieu poussiéreux du rêve. L'essentiel était de pouvoir aller le dimanche autour du stade pour écouter le match et le suivre aux clameurs de la foule, comme si on y était. L'essentiel était la chanson continue des transistors, la pétarade infinie des mobylettes, l'inépuisable nuage de terre rouge qui enveloppait la vie, la canette de Coca frais que l'on buvait avant de la marteler pour faire des attachés-cases. La vraie vie.

Ce qui ajouta encore à la gloire du village de Chamboula fut que l'équipe de football des Rienfoutants en fit son camp d'entraînement temporaire. Les joueurs venaient là en stage de remise en forme et de perfectionnement, après des rencontres trop rudes ou avant des affrontements capitaux. Ils venaient faire panser leurs plaies et remonter leur moral. Ils bondissaient dans le fleuve pour des séances de thalasso très rapide, s'étiraient de tout leur long dans les jardins pour un coup d'oxygénation, dansaient le soir pour renforcer la musculature des cuisses, mangeaient comme quatre et subissaient la préparation psychologique de Chamboula.

Leur départ à la fin de chaque période mettait toujours une légère nuance de tristesse dans le village. Ils laissaient derrière eux quelques canettes vides, l'écho de leurs rires et deux ou trois bébés robustes.

Dans la nuit du 16 mars, nuit sans lune pendant laquelle on entendit barrir les éléphants, l'arrière central Félix disparut. La case dans laquelle il séjournait fut retrouvée vide au petit matin. La jeune propriétaire en larmes s'était réfugiée chez Chamboula.

Entre deux sanglots, elle jurait que Félix s'était purement et simplement vaporisé dans la nuit. Ils étaient couchés ensemble et ils partageaient un rêve lorsqu'elle

284

s'était soudain sentie seule. Elle se souvenait très bien, ils montaient un très grand escalier de verre qui grimpait jusqu'au ciel et elle lui serrait la main de peur d'être vaincue par le vertige. Soudain, elle n'avait plus serré de main. Félix avait disparu. Elle était tombée à la renverse et s'était réveillée seule et en nage dans sa case.

On fouilla la zone, on battit les buissons, on sonda le fleuve. En vain.

Trois jours plus tard, l'inspecteur Malouda, des Brigades Spéciales, arriva sur les lieux. C'était un rude gaillard qui fumait la pipe et que l'on envoyait toujours sur les missions délicates qui demandaient brutalité et diplomatie. La presse le surnommait « le Limier » à cause de son habitude d'aller nez en l'air et de ne jamais lâcher une trace.

Il se fit expliquer l'affaire. Affirma qu'il avait une hypothèse et décida de commencer par les interrogatoires. Il s'assit sur un tabouret dans la case de Chamboula.

M. Trigalop n'eut pas le cœur de priver son premier Village de Vacances de sa plus belle fleur. Il embaucha Chamboula comme Gentille Organisatrice. Elle prit les affaires en main avec le calme qu'on lui connaissait.

Elle faisait avancer les touristes en rang et leur distribuait les cases rustiques. Comme elle avait remarqué à la première livraison que les membres n'étaient pas gentils et voulaient toujours l'autre case, elle n'admettait aucune discussion : « Ce sera celle-là et pas une autre. »

À table, c'était un jour colombo, un jour yassa, un jour mafé, un jour tilapia, et on recommençait. Rien d'autre que des spécialités, pas de nostalgie culinaire, rien de connu avant le retour au pays. Avec les doigts.

Les touristes aimaient l'eau chaude du fleuve. Ils aimaient se déguiser en buissons pour aller voir les animaux dans leur demeure. En revanche, ils détestaient que les animaux viennent les voir dans la leur. Le moindre lionceau qui s'approchait pour jeter un coup d'œil dans une case, le moindre boa curieux, le plus mignon phacochère les jetaient dans les transes. Et comme Chamboula riait aux éclats, cela les énervait encore davantage.

Ils aimaient beaucoup également aller faire des excursions dans la brousse alentour. Ils se rendaient dans les villages pour regarder vivre les gens. Ils s'extasiaient de tant de rusticité et de tant d'ingéniosité. « Ils n'ont besoin de rien », constataient-ils en soupirant. Mais là encore, lorsque les habitants des villages venaient les regarder vivre à leur tour, leur machette à la main, les touristes se montraient fort mécontents. Ils se plaignaient. Ils écrivaient à M. Trigalop, réclamant des serrures et des renforts.

M. Trigalop était inquiet des risques courus par ses clients. Il s'en ouvrit à Chamboula, qui éclata de rire.

M. Trigalop décida quand même de bâtir autour du village une robuste barrière derrière laquelle resteraient les fauves et les curieux, les affamés. Lorsque l'on posa le dernier tronçon, Chamboula se plaça à l'extérieur, fit un petit geste de la main pour dire adieu à son village et disparut derrière la dune.

Au Village Fondamental, on trouvait encore trop long le zizi des filles, alors on le coupait. Cela depuis la nuit des temps et à travers tous les changements et rechangements de religion, de pouvoir, d'ordre ou de désordre.

La seule à avoir échappé au rasoir était Chamboula. Sa beauté était si grande lorsqu'elle était enfant qu'il avait été décidé de la laisser intacte, disait la légende. En fait, la petite Chamboula avait étourdi la matrone d'un rude coup de gourdin. Son zizi avait la taille d'un zizi de femme et elle n'eut jamais à s'en plaindre. Tous ceux qui eurent l'honneur, non plus.

Puisque maintenant elle avait son propre village, puisqu'il était impossible d'en tenir les hommes à l'écart, elle décréta que toutes les petites filles qui naîtraient chez elle ne seraient jamais coupées et qu'une nouvelle sorte de femmes se répandrait à partir de son village-fleur et que la civilisation en ferait mémoire. Ces femmes-là seraient capables de courir plus vite et de chasser l'antilope. Elles seraient des lionnes.

L'entraîneur de l'Association sportive de Saint-Étienne décida de faire entrer Taxi pour les dix dernières minutes d'un match de Ligue 1 contre Lyon. Il savait mieux que personne que le garçon n'était pas prêt, mais son arrivée en taxi avait été un tel coup de publicité que les spectateurs rêvaient tous de le voir jouer.

Le risque était minime, il ne restait plus que dix minutes et le match était envasé dans un 0 à 0 dont il ne semblait pas vouloir sortir. Ce genre de match nul ne fâche personne dans les derbys et les deux équipes étaient en bout de course.

Taxi oublia de serrer la main de celui qu'il remplaçait et vint se poster au centre de l'attaque. Il bombait le maillot, paralysé de voir autant de monde autour de lui, de sentir le poids d'une telle rumeur sur sa poitrine.

Lorsqu'il reçut sa première balle, il voulut se rassurer en répétant son geste technique préféré. Il faisait cela pour lui seul. Il coinça la balle dans sa nuque, laissa le ballon descendre le long de sa colonne, et lorsqu'il rebondit sur ses fesses lui donna un coup de talon pour le faire remonter en cloche. Il enchaîna sur une tête pour lui-même et reprit la balle à la volée du coup du pied droit. Le gardien de l'équipe adverse, qui le regardait faire ses singeries d'un œil amusé, laissa entrer la balle dans sa cage.

Il y eut une minuscule seconde de stupeur puis un grand hurlement de joie.

Les joueurs se précipitèrent sur Taxi. Lorsqu'ils l'eurent congratulé, le capitaine lui dit :

— Attention, ce coup-là, tu ne le réussiras qu'une fois dans ta vie...

— C'était aujourd'hui, répondit sobrement Taxi.

Les deux buts qui suivirent furent plus anecdotiques. La routine d'une équipe libérée qui vient de redécouvrir que le football est un jeu et qu'on peut donc jouer.

Au vestiaire, Taxi fut recongratulé. Pour prix de son exploit, il demanda à son entraîneur de promettre qu'un jour l'ASSE irait jouer contre l'équipe des Rienfoutants de Macombo. L'entraîneur répondit :

— Sans doute.

Le match fini, Taxi s'avança seul, face à la tribune populaire du stade Grand-Chef de Macombo. Tous les mômes se tenaient debout en hurlant. Lui, le génie du coup franc, était planté devant eux, un beau ballon tout neuf posé à ses pieds. Une caméra de la télé était braquée sur lui, une autre sur la foule.

Taxi jeta un dernier coup d'œil et repéra une grappe de gamins dépenaillés sur qui il avait l'intention de tirer.

Une jeune fille s'approcha de lui, un foulard à la main, et lui banda les yeux.

L'idée de Taxi était d'offrir un ballon aux gosses de la tribune et de faire ça en direct à la télé, juste après la fin du match. En vérité, il en avait une quinzaine en réserve pour arroser toute la tribune populaire, mais il voulait faire monter le suspense.

Les yeux bandés, il prit deux pas de recul et tira.

Il frappa la balle du bout du pied, elle partit en vrille et vint taper dans l'œil de la présentatrice de télé qui faisait le commentaire.

Cette présentatrice se trouvait, pour ce match de gala, être la plus jolie fille de la ville, dont la beauté n'avait pas d'équivalent des deux côtés du fleuve et du monde.

Les spectateurs poussèrent un cri partagé entre l'inquiétude et le rire. L'inquiétude de voir leur beauté au beurre noir et le rire de voir le meilleur tireur de coups francs du championnat de France rater son tir comme un débutant.

Taxi arracha vivement son bandeau et vit la jeune femme qui se tenait le visage, le ballon à ses pieds. Il se précipita vers elle, écarta sa main pour juger de l'étendue des dégâts, la regarda dans l'œil et fut foudroyé d'amour. Tout cela en direct sur la chaîne nationale de télévision.

Ce fut le premier mariage de célébrités de l'histoire de la ville de Macombo.

Le Chef demanda à voir celui qui l'avait battu au premier tour des élections municipales et lui proposa un règlement démocratique du problème. Ils allaient revoter à coups de poing sur la place principale et le plus fort serait le plus démocrate et donc élu.

Le challenger assura qu'il préférait un second tour. Il était gringalet de nature et la stature du Chef, malgré son grand âge, lui en imposait. Il lui expliqua d'autre part que des élections se déroulaient en deux tours et qu'il ne pouvait en aller autrement.

Le Chef lui demanda donc de bien vouloir perdre au deuxième tour puisque lui-même avait eu la bonté de perdre au premier, ainsi ils seraient à égalité et ce serait de la bonne démocratie.

Le candidat promit de faire l'impossible.

Le hasard des grands nombres et une ou deux déclarations tonitruantes du Chef à la télévision locale firent qu'il ne fut pas en situation de tenir sa promesse. Le Chef fut donc battu.

Après une nuit de fièvre, il renonça à tuer son adversaire. Il redoutait de soulever une vague de reproches dans les couches jeunes de son peuple. Il renonça également à convoquer Kalou, qui, dès les résultats proclamés, avait affirmé qu'il souhaitait être convoqué.

Le Chef décida simplement de mettre sur pied une administration parallèle à laquelle il donna tous les pouvoirs de l'administration officielle.

Avec ses fidèles, il entreprit la construction de cabanes qui vinrent flanquer les bâtiments municipaux et au fronton desquelles était inscrit : « Bureau du Chef ». Derrière les guichets ainsi dressés se tenaient des fonctionnaires du Chef équipés de tampons qui tamponnaient les documents officiels avec la mention « Tampon du Chef ».

Comme les administrés aimaient beaucoup les tampons, ils faisaient tamponner leurs documents sans retenue.

Le Maire élu, offensé, déclara les tampons du Chef non valides, refusa les documents qui s'en trouvaient ornés et, de guerre lasse, ordonna la destruction des officines.

C'est ainsi que commença la trop célèbre « Guerre des Cabanes » dont la ville eut tant de mal à se remettre.

Boulot « Vie Facile » trouva le moyen de devenir plus riche encore. La nuit – il dormait peu lorsqu'il y avait de l'argent à gagner –, il organisait les bataillons secrets des jeunes hommes qui voulaient quitter à n'importe quel prix le pays pour aller faire fortune dans le monde froid. Il avait monté une chaîne dangereuse et avide de passeurs qui prenaient en charge les groupes pour les conduire sur les plus proches rives de l'Europe. Il touchait de l'argent à tous les bouts de la chaîne.

Les jeunes hommes savaient tout de la France : on y ramassait l'argent à la pelle, on s'y faisait des amis, les femmes blanches y avaient le derrière aussi rebondi que celui des négresses et on dansait toute la nuit sur la plus belle musique du monde. Paris était la grande Ville lumière qui ne dormait jamais, et quand il pleuvait on avait des parapluies, lorsqu'il faisait froid on portait un chic bonnet. Il suffisait d'arriver là-bas pour faire fortune et pour pouvoir envoyer, comme Boulot, des montagnes d'argent au pays. « À nous les Peugeot ! » hurlaient-ils dans la nuit des fuites. Ensuite, ils s'enfonçaient dans le noir.

Une bonne partie d'entre eux disparaissaient durant le voyage. Certains réussissaient à passer et se retrouvaient en France si honteux de leur nouveau sort qu'ils ne donnaient plus jamais de nouvelles. Une petite fraction se creusaient un trou, travaillaient et vivaient comme des bêtes et apprenaient à raconter des mensonges et à se saigner pour envoyer des billets. Deux d'entre eux firent fortune et achetèrent une 406 break.

Boulot « Vie Facile » était confiant en l'avenir. Après les garçons, ce serait au tour des filles de vouloir partir. Il en était sûr. Son métier était une profession d'avenir.

Le seul survivant revint deux mois plus tard. Il avait passé un mois sur place à reprendre de l'énergie et à recevoir des soins, un autre mois à essayer de repartir, puis on l'avait mis de force dans un bateau et il était de retour par le chemin du fleuve.

Il racontait :

– Quand nous sommes sortis de la nuit, nous étions encore tous les quinze à nous encourager et à rêver de la vie à Paris. Nous nous sommes arrêtés un moment pour relire les cartes postales de Boulot et manger un morceau de nos réserves. L'homme est venu nous rejoindre au carrefour et nous l'avons suivi sans un mot. Sur la route nous avons pris cinq autres groupes. Nous avons marché jusqu'au soir. Lorsque nous avons atteint la plage, l'homme nous a demandé de rester sous le couvert des arbres et d'attendre. Nous n'avions plus rien à nous dire et nous attendions en silence.

« La nuit venue, nous sommes sortis de notre abri par paquets de dix et nous avons poussé à la mer les barques de pêche. Les pêcheurs nous ont tirés à l'intérieur et nous sommes partis dans la nuit. L'eau de ce grand fleuve a des collines et des vallées que les bateaux montent et descendent. Loin dans la nuit, nous avons rejoint un bateau grand comme une maison sur l'eau. Nous sommes montés dedans par une échelle. Un est tombé en arrière et le Capitaine a dit qu'il ne fallait pas aller le chercher parce qu'il avait déjà été mangé par le requin.

« Dans le bateau il y avait plus de monde que dans une ville. J'avais les jambes pendues dehors et je devais me tenir à la barrière.

« Nous avons navigué longtemps sous le soleil. La soif et la faim sont venues dans le bateau. Ensuite seulement la soif et le mal aux yeux. Les nœuds dans le ventre sont venus aussi. Et le bateau sentait mauvais de toute la merde que chacun posait là où il se trouvait.

« Quand l'autre bateau est arrivé, les marins sont montés à bord et ont jeté quelques hommes à la mer. Ils ont pris ce qui nous restait d'argent et sont partis. Le Capitaine est parti avec eux et le bateau a continué sa route tout seul. Je me suis endormi un moment dans la merde et je me suis réveillé en glissant, comme le long d'une dune. Le nez du bateau plongeait dans l'eau, ses fesses étaient en l'air et je glissais sur le pont.

« Tout le monde était dans l'eau avant que le bateau coule tout entier. Au bout d'un moment les requins n'avaient plus faim.

« J'ai serré la caisse dans mes bras, comme si je l'aimais d'amour. C'était une caisse de vin qui n'était pas bonne pour la religion mais qui était très bonne contre la noyade.

« Ensuite un autre bateau, tout petit, est venu et on m'a tiré dessus et j'ai pu mourir.

« Quand je me suis réveillé de la mort, c'était beaucoup plus tard et j'étais sur un lit de camp dans un hangar du port.

« J'ai demandé les amis et on m'a dit : "mon pauvre ami". J'ai bu encore et j'ai dormi encore parce que le sommeil était plus fort que moi.

Ensuite, il récitait les noms des disparus et pour chacun il ajoutait : « Et il salue sa mère. »

Kalou se regarda longuement dans le miroir. Il ouvrit grande la bouche, il inspecta le fond noir de sa gorge. Il constata que quatre de ses dents étaient mangées de caries ; deux lui manquaient sur le devant. Il voulut regarder dans les trous de son nez mais il ne vit rien à travers la broussaille qui les protégeait. Il regarda ensuite ses yeux, tirant en haut et en bas sur ses paupières. Le blanc était jaune avec des petits vaisseaux rouges peu appétissants.

Il pinça ses joues qui tremblèrent. « Mou », dit-il sobrement. Il parcourut du bout de son index les cicatrices qui lui barraient la face. « Révolution permanente, Internationale Violente, sale gosse. » Un gros bourrelet de chair séparait ses cheveux par une raie en relief. « Machette tête dure. » C'était un souvenir d'une bataille à la machette au cours de laquelle son crâne avait été fendu. De rage il avait tranché son adversaire en deux, du crâne au sexe. Sans doute le plus beau coup de lame de toute sa vie. De la rage pure. Les deux moitiés étaient tombées au sol, aucune des deux ne s'était relevée. Ni la bonne ni la mauvaise. L'une des deux avait emporté le pénis tout entier et il était déçu de ne pas l'avoir fendu lui aussi. « Cinquante hommes, cent moitiés. »

Il étira la peau de son cou qui pendait. Il prit quelques centimètres de recul et se tira la langue. Il eut presque peur tant elle était grosse et épaisse. Il avait l'air mauvais. Il s'adressa un large sourire. L'effet était pire encore.

Il comprit alors qu'il était un homme d'un autre temps. Un homme des autrefois. Il aurait pu être chef, roi, empereur. « Kalou Ier, Kalou le Sanguinaire, Kalou le Trancheur. » Il ne pourrait jamais être président. Il n'était pas de ceux pour qui on vote. On ne glisse pas le bulletin dans l'urne en tremblant.

Il décida d'être réaliste et de prendre tout le pouvoir qu'il pouvait prendre avec cette sale gueule. Le mignon Boulot avec ses lunettes d'intello parisien ferait parfaitement l'affaire. « C'est lui qu'on appellera Monsieur le Président. C'est lui que les femmes glisseront dans leur urne », conclut-il en riant.

Un matin de réchauffement de la planète, Boulot fondit sur sa colline.

Ce fut un grand événement dans la ville, parce que l'habitude était restée d'aller le voir dans sa gangue de glace. On y conduisait les enfants le jour de leur sixième anniversaire et les touristes de passage ne manquaient jamais de venir voir le phénomène, que l'on comparait volontiers à celui du sang de San Gennaro à Naples. Ce qui était bien, c'était que pour quelques sous on pouvait toucher la glace et voir le visage de Boulot, déformé par l'épaisseur de la couche gelée. On le trouvait drôle.

La transformation commença vers dix heures. Une goutte tomba sur le sol entre les tréteaux qui soutenaient Boulot. Le gardien ne s'en alarma pas. À dix heures et demie, les gouttes se mirent à tomber au rythme d'une toutes les minutes. Là, le gardien fit une déclaration écrite en trois exemplaires que son chef trouverait en arrivant au début de l'après-midi. À onze heures, il estima que la débâcle était proche et qu'il fallait sans tarder donner l'alarme. Il fit évacuer les touristes qui se pressaient, les priant de se représenter plus tard, à la fraîche. Il ameuta les chefs et les autorités et bientôt une foule d'officiels entoura Boulot qui fondait.

La fonte dura.

D'abord il se forma sous lui une petite flaque sombre, puis une mare dont l'eau s'éclaircissait. Longtemps après elle était devenue un lac bleu et peu profond au milieu duquel Boulot se tenait assis. Tous les spectateurs avaient reculé respectueusement et demeuraient sur les rives.

Boulot ouvrit les yeux. On le voyait nettement de loin. Son regard semblait perdu, comme lorsqu'on se lève d'un grand sommeil. Puis il s'anima et, très lentement, regarda autour de lui. Il vit la ville immense en contrebas, il vit les toits hérissés et il vit les hommes pressés de la ville. Il les regarda pendant un temps infini, les fesses dans l'eau bleue. Et il se mit lentement à pleurer. Des larmes coulaient sur ses joues, se rassemblaient à la pointe de son menton, tombaient en cascade sur son ventre, se partageaient autour de son sexe et rejoignaient le lac.

Bientôt, par l'effet du sel et des sanglots, le lac devint un océan animé par des vagues. Il déborda, emportant tout sur son passage, et se précipita sur la ville, effaçant le paysage, noyant sous lui les mondes alentour.

Boulot, resté seul au milieu de sa mer, faisait la planche en pleurant toujours.

Comme il était d'usage au village, le vieux Chef mourut en dansant. Sentant sa fin prochaine, il fit venir autour de lui les êtres chers. Ses dix-sept enfants, ses femmes, ses concubines, Boulot qu'il aimait bien, Doigts de Liane et Grandes Cuisses, Kalou et tous les Rienfoutants. Il fit venir SAV, les chefs de chantier et la musique.

Il se tenait au centre de la place, dans l'ombre de sa case penchée, à l'heure du soleil finissant. Les animaux arrivèrent peu à peu et se mirent en cercle quelques pas en arrière.

D'un geste il invita Doigts de Liane à chanter le chant de la mort du Chef. Il s'agissait d'une sorte de samba connue sous le nom de « Samba Nissoulié » qui chantait le dénuement des puissants à l'heure de la mort.

Va-t'en Chef ingrat
Pars nu sur le dos de la mort
Va-t'en on t'oubliera
Avant d'avoir brûlé ton corps

Quitte-nous vite
Nous ne voulons plus de toi
Que la mort te soit terrible
Et que tu brûles comme le bois

Il ne te reste rien
Tu es nu comme un ver
Sur la tête plus de crin
Sur les os plus de chair

Brisant le cercle qui chantait en chœur, Chamboula s'avança. Elle prit le Chef dans ses bras et l'entraîna dans une sorte de danse lente. Il n'avait plus assez de force pour poser les pieds à terre mais elle le tenait enlacé au-dessus du sol.

On vit sur le visage du Chef passer un sourire. Il se laissa aller contre la poitrine de Chamboula. Au rythme lent de la musique, elle le serra contre ses seins, le serra, et tout le monde put voir l'âme du Chef lui sortir par la bouche et monter au-dessus des maisons, un instant prisonnière dans la lumière du réverbère et du feu du bûcher.

Chamboula alla, toujours dansant, allonger le corps sur son lit de feu.

Il était temps de prévenir les ancêtres que la mort leur offrait un ami.

Le docteur releva la tête et me regarda dans les yeux :

– Il n'y a pas de doute, on vous a volé votre sexe. Je ne vois pas d'autre explication. Depuis combien de temps vivez-vous par ici ?

– Cela fait plusieurs années, mais vous savez ce que c'est… Je vais et je viens pour mon travail, je fais des conférences, je donne des cours.

– Vous avez des ennemis ?

– Pas que je sache.

– Êtes-vous l'objet d'une grande passion amoureuse ?

– Je l'ai été mais je suis guéri.

– L'autre personne est-elle guérie aussi ?

– Elle cicatrise moins bien.

– Alors ne cherchez pas, elle a fait voler votre sexe.

– C'est très intéressant.

– Cela peut également être inconfortable. Les rituels de récupération sont longs et pénibles.

– Et que dois-je faire ?

– Moi, je ne peux que constater les dégâts, le reste ne relève pas de la médecine que je pratique. Voilà une adresse.

Le docteur me tendit une de ces petites cartes que l'on distribue parfois en ville. Un certain « grand savant » proposait ses services pour des retours d'affection et des récupérations de sexe. Il proposait également les plus belles érections du continent à celui qui suivrait ses préceptes. Tarifs modérés.

– C'est tout ce que j'ai sous la main.

– J'imagine que ça ira. En tout cas, cette affaire ne manque pas d'intérêt anthropologique, je vais écrire un article de première main.

Lorsque je vis Chamboula pour la dernière fois, elle venait d'avoir deux cents ans. Elle m'assura qu'elle n'avait plus de souvenirs, plus rien à me raconter, et que le temps était venu pour elle de mourir dans la paix et l'oubli. Elle s'efforçait de poser un à un ses objets de mémoire pour se désencombrer et mourir légère comme une âme. Son appartement en était plein. Elle me laissa fouiller, mais le désordre qu'elle avait mis était si subtil que je ne parvins pas à tirer un seul fil. Si je lui demandais comment ou pourquoi, elle me disait qu'elle ne se souvenait de rien et que c'était de toute façon sans importance, que rien là n'était bon à glaner. Elle riait de me voir farfouiller.

J'étais un peu embarrassé, car je devais impérativement finir mon second livre sur elle. Mon éditeur me pressait. Le premier avait, contre toute attente, été un gros succès, et l'éditeur espérait autant du second.

Chamboula était en quelques semaines devenue une coqueluche. On la voulait partout, ses photos couraient le monde. Elle était si belle.

Elle ne disait rien, ne bougeait pas, refusait tout, restait chez elle dans une autre attente. J'avais le cœur serré de la voir intacte dans sa beauté et disposée à mourir calmement, sans impatience ni révolte. Elle seule pouvait savoir que l'heure était venue puisque rien de sa déchéance n'était visible au-dehors. Elle qui savait chaque trait de la sévérité ne quittait plus un étrange demi-sourire. Lorsqu'elle se tenait assise, on voyait bien que son beau derrière ne touchait plus le siège. Elle se trouvait déjà au-dessus des choses.

Elle posa sa main, qui était légère comme un souffle, sur ma tête et dit :

— T'en fais pas, petit con, tu ne comprends rien mais tu es sauvé, la Vie décide pour la Vie.

D'abord, Boulot ne vit rien. Il était ébloui par la lumière noire qui faisait briller sa belle redingote dans l'obscurité. Aveuglé aussi par l'intensité de la musique qui lui envahissait tout le corps et l'empêchait de sentir quoi que ce soit d'autre. Ensuite, il commença à deviner des corps qui dansaient dans le noir, des corps noirs avec des raies de lumière blanche au col, aux poignets, des corsages qui semblaient danser seuls, des écharpes qui valsaient, des nœuds qui volaient comme des papillons dans la nuit.

En s'approchant du bar, éclairé à la façon d'un aquarium, Boulot put en voir davantage et il fut stupéfait. D'abord il en vit une, puis deux, puis vingt. Il n'en croyait pas ses yeux. Vingt Chamboula au même endroit. Il crut à une farce des ancêtres qui voulaient éprouver sa volonté. On ne peut pas multiplier ainsi la beauté. Il y avait là une supercherie. À peine en voyait-il une qu'une autre la poussait dans le dos. Toutes plus belles les unes que les autres, les yeux allumés, les lèvres brillantes, dans des habits de lumière qui collaient à leurs seins et à leurs fesses. Et elles disparaissaient dans la danse pour reparaître et disparaître encore.

L'une d'elles, au passage, lui pinça la joue.

– Alors, beau sapeur, on monte la garde ?

Il prit conscience de sa raideur, mais il ne put en sortir. Quelque chose lui échappait. Peut-être n'aurait-il pas dû descendre dans le ventre de Paris. Peut-être avait-il violé le monde noir des ancêtres, et c'étaient les grand-mères et les mères de Chamboula qui se moquaient de lui. Peut-être était-il prisonnier dans le monde des âmes. Peut-être ne remonterait-il jamais au jour.

On lui mit dans la main un verre qu'il but d'un coup. Il se sentit plus mou.

Une Chamboula le tira par la manche et lui fraya un chemin dans la masse des danseurs. Lorsqu'ils furent au milieu, elle se planta devant lui et se mit à danser. Elle lui tenait les mains pour l'inviter à en faire autant. Boulot se mit à danser lui aussi, d'abord timidement avec les épaules puis de plus en plus fort et de plus en plus vite. Au hasard des bousculades il fut projeté plusieurs fois contre sa cavalière, et il put sentir contre sa poitrine le poids délicieux et la douce chaleur de ses seins. Ce n'était point là poitrine glacée d'ancêtre. Il se sentit rassuré et le froid le quitta peu à peu. Il leva les bras en l'air, ils brillèrent dans la lumière blanche. Sa Chamboula rit et ses dents s'allumèrent dans la nuit. Il allait se faire croquer.

En vérité, la vie du samedi soir ne changeait pas beaucoup de la vie de la semaine. Sauf que Boulot était bien habillé. Vêtu de sa belle redingote, il arpentait le boulevard avec ses amis sapeurs et il arrêtait les filles de passage pour rouler un peu les mécaniques en leur honneur. Elles remontaient lentement le boulevard, bras dessus bras dessous, faisant mine de regarder les vitrines, veillant bien soigneusement à mettre en avant leurs formes de devant et en arrière leurs formes de derrière, parlant fort, se moquant des garçons qui les hélaient. Elles faisaient les jolies.

Boulot avait d'ailleurs écrit au Chef, sur une de ses cartes postales, que les filles de Paris faisaient les jolies et qu'il ne savait pas trop comment s'y prendre avec elles. Il pensait toujours qu'elles se moquaient de lui. Le Chef lui avait répondu par une sagesse qui disait : « C'est au village que se trouve la simplicité du village. » Et Boulot était bien avancé.

Il remarquait quand même que depuis qu'il était devenu sapeur les filles passaient moins vite devant lui. Elles prenaient le temps de détailler la redingote, de juger le pli du pantalon, de détailler en riant les charmes du nœud de cravate. Il y en avait toujours une qui lui plaisait davantage que les autres, mais il savait que s'il l'invitait à prendre un verre au café les copines viendraient aussi. C'était le moyen qu'avaient trouvé les moins jolies filles de Paris pour se faire payer à boire. Boulot n'avait pas assez d'argent pour offrir des verres aux moins jolies filles de Paris. Il lui fallait rembourser sa redingote. Il continuait donc à arpenter le boulevard en roulant ses grandes mécaniques.

À voir travailler Boulot entre ses clients blancs et ses clients noirs, le petit garçon se mit à réfléchir. Il rêvait d'un monde plus simple et plus juste, un monde plus lisible et commode à faire prospérer.

Il avait déjà rêvé à imposer le sport pour tous, la pratique universelle de la bicyclette, la généralisation des camps de vacances, le service militaire pour les filles, la corvée de patates… C'est dire s'il avait des idées.

À voir Boulot s'éreinter, il se prit à rêver d'un monde où les noirs et les blancs seraient chacun chez soi et où il n'y aurait pas de problèmes de voisinage. Il n'aimait pas trop la façon dont son père traitait les noirs et la façon dont sa mère les regardait. C'était un jeune enfant qui réfléchissait beaucoup et qui était sensible.

Il déplia une grande carte du monde et traça une ligne entre le monde blanc et le monde noir. Personne ne serait autorisé à tricher. Plus de trafic. Plus de blancs pour tirer le pétrole noir, plus de noirs qui partent la nuit en catimini pour aller balayer Paris. Ce n'était pas si compliqué, chacun était chez soi et heureux d'y être.

Il expliqua son plan planétaire à sa petite sœur et il lui confia que, si ce plan marchait, il comptait bien être élu Président du Monde. Elle l'admira.

Puisqu'il était parvenu à convaincre sa sœur, il se risqua à en toucher un mot à Boulot.

Boulot l'écouta sans l'interrompre. Il regarda la carte du monde découpé dans ses moindres détails.

– Tu as bien travaillé, lui dit-il. Et tu ne t'es pas trompé de beaucoup. Tu m'as juste volé le village de mon père qui se trouve de ce côté-ci de la frontière du monde.

– Je gommerai.

– Tu gommeras... Alors nous n'allons plus jamais nous voir ?

– Mais si ! Pas toi. Toi tu pourras.

– Pourquoi moi ?

– Parce que tu es blanc.

– Mais ma peau est noire.

– On la peindra.

– Mais je l'aime en noir ! Je ne veux pas me peindre. Je veux être heureux, je veux être riche, je veux être noir et je veux être ton ami.

Le petit garçon resta un instant rêveur, froissa sa carte du monde, puis proposa :

– Allez, on fait une partie de dames. Tu prends lesquelles ?

Un soir de travail tardif, alors que Boulot se trouvait seul dans son petit commerce après avoir couché les enfants, leur mère s'approcha de lui en bâillant.

– Repos, Boulot, lui dit-elle en le prenant par la main.

Elle lui prit la main de telle façon que Boulot pensa aussitôt à la sagesse entendue depuis son enfance, que tout le monde respectait sans jamais comprendre pourquoi : « Touche pas à la femme blanche. » Immédiatement, lui qui était maintenant un intermédiaire efficace entre le monde blanc et le monde noir se demanda si les blancs avaient une sagesse qui disait : « Touche pas à l'homme noir. »

Il obtint assez vite réponse à sa question puisqu'il fut touché.

Au début, il fut étonné de tenir une femme blanche entre ses bras. Elle était fluette, presque transparente. Il lui fallait souvent s'assurer qu'elle était bien là, debout devant lui, ses minuscules fesses à l'air. Elle surgissait à des moments inattendus et elle voulait l'amour là, comme cela, très vite, en regardant par-dessus son épaule pour voir si l'on ne venait pas. Boulot riait.

Elle aimait aussi, lorsqu'ils étaient plus tranquilles, qu'il lui coure après à travers la boutique, mains tendues, et qu'il se saisisse d'elle. Elle ne pesait rien entre ses bras. Il la pliait, il la tordait, il la serrait contre son ventre. Elle riait.

Dans la journée, elle donnait ses ordres d'une voix sèche et métallique. Elle rappelait à Boulot qu'il devait s'occuper des enfants, les aider à faire leurs devoirs, les nourrir. Elle l'envoyait faire des courses à l'autre bout du monde. Elle se faisait conduire sans dire un mot et sans quitter un instant la route des yeux. Jusqu'au moment où elle se tournait vers lui pour lui prendre la main et la plaquer sur son sexe.

Boulot se trouva un peu embarrassé. Il avait oublié de prendre les produits masquants le matin et il craignait de se trouver coincé par le contrôle. Son sponsor ne lui avait pas donné le choix : il devait prendre la pilule rose, mais il était bien entendu entre eux que s'il se faisait attraper ce serait de sa faute et que plus personne ne le connaîtrait. En échange, la gloire sportive due aux vainqueurs était entièrement pour lui.

Boulot s'arrangea donc pour verser dans la fiole un peu de l'urine de sa compagne qu'il gardait dans une poche en cas de besoin. Il fut grandement soulagé. Il fit mine de remonter son flottant, d'y refourrer son ticheurte et repartit au vestiaire.

Quelques semaines plus tard, *L'Équipe* annonça qu'il avait été contrôlé enceinte.

Il y eut un instant de stupeur suivi d'un large éclat de rire.

On demanda à Boulot s'il voulait que soit analysé l'échantillon B de ses urines. Comme le bébé commençait à bouger, il n'estima pas cette démarche nécessaire.

Le même mois il se retrouva donc futur papa d'une petite fille et radié de l'ordre des coureurs à pied.

L'Agence antidopage envoya le flacon des urines de Boulot au laboratoire. Le laboratoire l'analysa et trouva dans l'urine un monde fou. Ça grouillait. Il y avait là un mélange de produits ultramodernes, au sommet de la science stimulante, et de produits naturels et magiques, racines, bois bandé, corne de rhinocéros.

Le résultat fut envoyé à l'Agence antidopage, qui réduisit la liste car certains produits avaient été autorisés le matin même sur l'ordre des laboratoires pharmaceutiques qui les commercialisaient.

L'Agence envoya les résultats à la Fédération de Macombo, qui les oublia sur le bureau du fond.

Lorsqu'on les retrouva, quelques mois plus tard, l'athlète fut prévenu. On lui lut la loi sans conviction et on lui promit une suspension si l'analyse de l'échantillon B se révélait, elle aussi, positive.

L'athlète téléphona à son sponsor, les chaussures à pointes Abibas, qui décida que l'analyse était négative.

Le sponsor téléphona à l'Agence antidopage pour dire que l'analyse était négative et que le président de la République était d'accord, ayant lui-même vérifié.

L'Agence antidopage demanda donc au laboratoire d'analyses de bien vouloir jeter l'échantillon B et de faire attention à l'avenir à présenter des résultats négatifs lorsque les athlètes étaient manifestement négatifs.

Cependant, Boulot courait de plus en plus vite.

Après l'assassinat de Kalou, le président Boulot ne pouvait commencer son règne que par un massacre. Il s'agissait d'une nécessité pour la paix sociale. Le bon peuple devait immédiatement savoir entre quelles mains se trouvait le vrai pouvoir et le vrai pouvoir ne pouvait s'exprimer que par la force. Les conseillers étaient unanimes, c'était l'usage.

Boulot voulait donc un massacre, mais un massacre pas trop difficile, ni trop coûteux. Il sortait tout juste de l'école et n'avait pas vraiment l'habitude de massacrer. Il analysa politiquement la situation et conclut que la meilleure cible, celle que le public comprendrait et qui ne serait pas trop meurtrière pour ses propres soldats, était la République Indépendante du Cimetière. Cette petite verrue démocratique méritait d'être effacée de la carte municipale.

Une nuit, vêtus d'uniformes noirs, les lèvres serrées pour que leurs dents ne brillent pas sous les rayons de lune, les tueurs du régime rampèrent en direction du cimetière. Les passants, retour de fêtes tardives, qui les virent s'avancer péniblement à plat ventre s'étonnèrent de leurs manières précautionneuses et de leur harnachement. Personne ne savait le pays en guerre et on pensa à des exercices barbares de guérilla urbaine.

Le cimetière fut cerné et, vers trois heures du matin, l'ordre de l'assaut fut donné. Ce que les soldats ignoraient, c'est que le soir les citoyens de la RIC avaient l'habitude de tirer sur leur sommeil la couverture des pierres tombales. Les soldats brisèrent plus d'une machette et plus d'une baïonnette à tenter de soulever le couvercle des tombes.

Les citoyens qui avaient l'habitude de dormir dans un calme mortel n'eurent aucune peine à deviner ce qui se passait au-dessus de leurs têtes et à se préparer à l'assaut final. Entre les tombes, au fil des ans, s'était construit un dédale de galeries dont certaines étaient marchandes et d'autres constituées d'abris et de stocks militaires. Des cloisons furent fermées, d'autres furent ouvertes, des enfants disparurent dans des boyaux obscurs dont personne ne connaissait la sortie et les hommes se mirent en formation de combat surprise. Lorsque les soldats en noir ouvrirent enfin les tombes, l'intérieur était calme et noir. Ils enjambèrent le rebord du caveau.

La cruauté dont le président Boulot dut faire preuve dès sa prise de fonctions eut des conséquences inattendues. Les exactions qu'il commit pour venger la mort de Kalou et pour asseoir son pouvoir de la seule façon qui lui parût compréhensible par tous, la brutalité, firent que, très vite, une opposition se dessina, se structura et que fut créé le parti « antibouliste », d'où jaillit la plus belle démocratie de la région.

Les antiboulistes avaient des idées simples : État de droit, séparation des pouvoirs, élections libres, enseignement obligatoire et gratuit, presse libre, travail pour tous, partage des richesses.

Leurs idées rencontrèrent un écho immédiat dans la frange instruite de la population, puis dans l'autre. Ils rassemblèrent leurs intentions dans un tract devenu célèbre sous le nom de « Tract du Monde Meilleur ».

Un jeune membre du cabinet présidentiel entra en nage dans le bureau du président et tendit le tract à Boulot.

– Voilà le travail ! dit-il. L'armée se tient prête. Elle est à vos ordres.

Puis il se retira du bureau en marche arrière, comme il était d'usage.

Alors commença la nuit dont l'Histoire a fait mémoire sous le nom de « Nuit de la Tempête ». Boulot se plongea dans la lecture du tract. Il le lut d'une traite, puis le relut et le relut, pointant chaque détail d'une marque de crayon. Il l'annota ensuite, chargeant ses marges de remarques, de précisions. Il passa le plus noir de la nuit la tête entre les mains. On aurait pu jurer qu'il dormait, mais jamais son crâne n'avait été en telle ébullition. Même en pleine période d'examens il n'avait jamais fait l'expérience d'une telle intensité. Il eut une vision comme seuls les grands hommes en ont parfois.

Le soir, à l'heure de la brise, les habitants du village et les ouvriers des chantiers se réunissaient autour de l'arbre à gourdes pour écouter Doigts de Liane faire sa musique. C'était un moment important dans la vie parce que tout le monde était rassemblé et parce que la musique chantait le village qui disparaissait sous le béton et chantait les hommes et les femmes qui disparaissaient sous l'argent ou sous la pauvreté. Il chantait d'abord le souvenir du chef Tassou :

Le chef Tassou aimait le silence
Et on aimait le chef Tassou
Qui aimait le silence

Il aimait les petits bruits
Du silence de la nuit
Le bruit de son pied sur le sable
Le bruit du cœur dans son ventre
Le souffle du lion qui dort
Le glissement du croco dans l'eau
Le craquement de l'arbre qui grandit
Le pas de son amoureuse dans la nuit
Le bruit glacé des étoiles
Le bruit délicieux de la première
Goutte de pluie

Le chef Tassou aimait le silence
Et on aimait le chef Tassou
Qui aimait le bruit du pas de bruit

Ensuite la force du vent augmentait et la musique de l'arbre à gourdes devenait trop forte pour la chanson silencieuse du chef Tassou. Il fallait passer à une autre qui voulait de la musique forte.

Par exemple :

La nuit est la nuit
Le jour est le jour
La saison chaude est la saison chaude
La saison sèche est la saison sèche
Le temps des récoltes est le temps des récoltes
Si tu fais le jour la nuit
La nuit le jour
Le sec dans le chaud
Et la récolte avant la récolte
Tu fais le malheur des hommes

Un soir, le vent enragea. Il souffla au plus fort d'un seul coup, sans mesure et sans ménagement. Il était hors de lui et ne se sentait pas en humeur de brise. Il tempêta.

Son souffle brûlant agita les branches, plissa les yeux des hommes, fit remonter les foulards et brouilla l'horizon dans un nuage de sable rouge. Il souffla ainsi du khamsin pendant cinq jours qui furent cinq jours d'enfer et de soif.

Quand le silence revint, la poussière lentement retomba sur le monde et les hommes. Elle couvrit tout de sa finesse de farine, faisant craquer les dents du monde.

Lorsqu'on put enfin le voir, l'arbre à gourdes était dévasté. Il avait perdu toutes ses feuilles et les quelques calebasses qui pendaient encore aux branches étaient désaccordées.

Doigts de Liane était assis en dessous, recouvert de poudre rouge, statufié dans sa détresse, immobile. Aucun bourdon ne sortait de sa bouche, aucun regard ne sortait de ses yeux. Il était voué au silence.

Le lion, qui après cinq jours de soif ardente revenait d'un pas tranquille boire à la fontaine, s'arrêta pour regarder Doigts de Liane et son arbre. Il comprit que quelque chose venait de se casser.

Le vent porta la musique de l'arbre à gourdes jusque par-delà les mers. Il la transporta avec précaution, car il trouvait que c'était ce qu'il avait fait de mieux depuis fort longtemps. Il se félicitait de sa collaboration avec Doigts de Liane et il prenait le plus grand soin de ses mélodies. Sur tout son trajet, il respecta rigoureusement la vitesse à laquelle la musique avait été créée pour ne pas la distordre. Il veilla à contourner les courants froids qui auraient pu geler les paroles et les laisser tomber en grêle sur le pont des navires. Il survola ainsi les forêts, les brousses, les saharas, les montagnes, la mer de tous les bleus, il épousa le cours des fleuves. Sur son passage, les gens ouvraient l'oreille, émerveillés par la beauté du chant.

Il passa au-dessus du Xe arrondissement de Paris et Boulot, qui travaillait en bas, eut une transe. Il reconnut la musique de Doigts de Liane et le chant du vent de son pays. Il se mit à trembler de tous ses membres, à sauter sur place, puis dut se coucher sur le sol tant la tension était forte. Les gens autour de lui donnèrent le nom d'épilepsie à ce qui était de la nostalgie.

Le vent eut l'idée d'aller enrouler sa musique autour de la tour Eiffel, comme une écharpe sonore, et de la laisser là en témoignage d'un autre monde et d'une autre façon de chanter.

WM, qui passait par là et qui n'avait pas ses oreilles dans sa poche, entendit que cette musique était bonne et décida que le monde entier allait bientôt la chanter – on ne se nomme pas World Music sans raison. « Une bonne rythmique binaire là-dessus, coco, se dit-il, quelques cuivres et un tapis de violons, et nous voilà parti pour la fortune. »

Il monta voir le vent en haut de la tour Eiffel et le convainquit avec modestie et ruse de son admiration pour sa belle musique. Le vent le crut et lui donna les indications pour retrouver la source du chant.

— Arrivé là, lui dit-il, demandez Doigts de Liane. Il se tient le plus souvent sous l'arbre à gourdes.

C'est ainsi que, le soir suivant, les villageois rassemblés autour de l'arbre eurent la surprise de voir débarquer Word Music et son attirail d'Occident.

Les ancêtres, du fond de leur trou, ne comprenaient plus rien à leur monde. Ils l'avaient pourtant créé, ils lui avaient pourtant donné sa forme et ses principes d'organisation. Ils avaient maintenu son élan. Et voilà qu'aujourd'hui ils perdaient jusqu'au compte de leurs fils et de leurs filles. Jetant un coup d'œil au-dehors, rôdant sous forme d'ombres à l'heure chaude ou fondus dans la nuit, ils ne reconnaissaient plus personne.

Le plus vieil ancêtre qui ait connu le temps du Village Fondamental proposa de rebaptiser Macombo « Ville du Vent ».

– Les hommes fuient de partout : certains par la voie des airs, d'autres par la route, d'autres par l'eau du fleuve et les derniers par le fond du nouvel océan. On ne voit plus que des dos honteux qui se hâtent dans le jour, qui disparaissent dans la nuit, dont la seule urgence est de se retrouver au plus loin au plus vite pour ne jamais revenir.

– D'autres arrivent à leur place, Vieux Sage.

– C'est bien le mauvais vent dont je parle. La bonne brise s'en va et le mauvais vent souffle. Elles arrivent des brousses, ces hordes de sans-mémoire qui ne savent rien de leurs vieux chefs, qui brassent la ville, qui la rançonnent comme si elle leur appartenait. C'est

330

la mauvaise haleine de la forêt et du monde. C'est la rançon à payer pour avoir laissé entrer le blanc et creuser le cimetière.

— Ils jurent tous que c'est notre vengeance et que c'est notre colère qui a fait souffler le mauvais vent.

— Il n'y a pas de bonheur dans une vengeance qu'on nous prête. Je déclare quatre siècles de tristesse pour la mort de nos meilleurs fils.

L'inspecteur Malouda pressa le short du footballeur Félix sur l'extrémité de la trompe de son éléphant. L'éléphant le huma longuement, identifiant au passage l'odeur de vestiaires, l'odeur de pommade, l'odeur de footballeur, l'odeur de Lycra et un très léger parfum de femme, mystérieux et doux. Il ferma un instant les yeux pour imprimer tout cela dans sa mémoire d'éléphant, puis se mit en route, trompe en avant. L'inspecteur Malouda le laissa filer.

De son côté, il décida de traîner un moment sur les lieux de l'étrange disparition. Il savait qu'un peu de temps perdu n'est jamais perdu.

Il demanda ensuite un whisky à Chamboula et il le but en fumant tranquillement sa pipe. Ils bavardèrent avec la jeune femme qui avait vu Félix très vivant pour la dernière fois. Elle ne savait rien, elle ne comprenait rien, elle n'était impliquée dans aucune guerre tribale, sa famille était honorable et elle voulait seulement pleurer en paix. Chamboula la rudoya un peu.

– Laissez tomber, lui conseilla l'inspecteur qui en avait vu d'autres, nous n'en tirerons rien.

Il retourna dans son commissariat, desserra le nœud de sa cravate, repoussa son feutre sur l'arrière de son crâne et attendit.

Chaque matin son éléphant venait au rapport et chaque matin le rapport était négatif. « Vieux style », pensait Malouda en le renvoyant au travail.

Lui attendait le déclic qui allait mettre en branle tout son système d'analyse psychologique, le petit détail qui allait faire levier et lui permettre de s'enfoncer jusqu'au tréfonds de l'âme humaine.

Il se produisit le septième soir à vingt et une heures et trente-deux minutes exactement. Alors que l'inspecteur Malouda se trouvait chez lui, en peignoir, sirotant un double whisky sur les rochers, il vit sur l'écran de sa télévision le joueur Félix des Rienfoutants de Macombo lui-même qui tenait le poste d'arrière droit dans l'équipe du Bayern de Munich à l'occasion du quart de finale retour de la Coupe d'Europe. Lorsqu'il prit un carton jaune pour avoir mis la semelle sur le genou d'un adversaire, la télévision indiqua qu'il s'agissait de Manfred Boula, mais cela fit sourire l'inspecteur. On ne l'aurait pas avec d'aussi grosses ficelles. Il tenait bien son homme, et avec lui une des plus énormes affaires de transfert de l'histoire du sport. Il en était sûr. Il s'agissait maintenant de ne pas entrer dans cette délicate enquête comme un éléphant dans un magasin de porcelaine.

Il vida son verre et saisit son chapeau.

À ce moment-là de l'histoire de l'humanité, la Bentley était la voiture parfaite pour les footballeurs. Elle n'avait pour rivale que l'Aston Martin. Les Ferrari basculaient dans une vulgarité dépassée, les Porsche étaient banales et les Maserati, même avec quatre portes, n'étaient plus ce qu'elles avaient été.

Sièges profonds, cuirs épais, bois précieux et finition impeccable donnaient à l'habitacle de la Bentley Continental GTC un doux parfum de palace. La planche de bord assurait un heureux mariage entre technologie de pointe et présentation traditionnelle. La douceur de la mécanique et la prévenance de la suspension pneumatique rendaient les longs voyages d'autant plus agréables. S'exprimant par deux sorties d'échappement ovales, le W12 biturbo, parfaitement discret à vitesse stabilisée, savait faire entendre sa voix lorsqu'on le sollicitait franchement. Mixant la musicalité d'un V12 avec la hargne d'un V8, son grondement était alors des plus réjouissants. Capable de rouler largement au-dessus de trois cents kilomètres à l'heure, ce cabriolet était doté d'un diffuseur aérodynamique sous le bouclier arrière pour une meilleure stabilité. Une fois fermée, la capote conçue par Karmann offrait au cabriolet Bentley un confort de coupé. Parfaitement tendue et dotée de trois épaisseurs, elle procurait une isolation phonique et thermique d'une qualité rare. Son profil bas, avec des vitrages réduits, ne faisait qu'ajouter au dynamisme de la voiture. Entièrement automatique, sa manœuvre pouvait être effectuée en roulant jusqu'à trente kilomètres à l'heure.

Les footballeurs étaient alors la providence des autos. On les remerciait, car ils permettaient à la population de voir passer les plus belles machines dans les quartiers chic où ils vivaient et dans les banlieues d'où ils venaient.

Nous étions dans la banlieue la plus pauvre de Macombo et le cabriolet Bentley se balançait mollement, suspendu par deux sangles, sous le ventre d'un hélicoptère.

Depuis le sol, Taxi faisait de grands signes pour diriger le pilote.

Pour sa mariée, rien n'était trop beau. Il avait exigé sa GTC blanche avec l'intérieur en buffle blanc et la capote blanche dedans aussi bien que dehors. Il lui en avait coûté deux cent mille euros, sans compter l'hélicoptère qu'il avait été indispensable de louer, faute d'autoroute depuis le port.

La foule regardait descendre la voiture, comme un nuage blanc dans le ciel toujours bleu, comme un rêve blanc dans un monde noir. Elle vint se poser, blanche sur le sol rouge. L'hélicoptère s'éloigna et, d'un clic sur sa télécommande, Taxi fit se lever la capote. Cent mains noires se tendirent à la fois vers la carrosserie immaculée.

La mariée était d'une autre beauté. Une beauté de liane vive, que l'on aurait eu bien du mal à statufier. Elle était dans la vie comme à la danse, bondissante et serpentine. Elle explosait dans de grands rires aussi soudains que ses colères.

Les bras en l'air, elle se tortillait telle une ablette pour faire glisser la belle robe blanche. La robe était venue de France avec son lot de perles et ses vagues de traîne que les petites filles tiendraient au-dessus du sol.

La mariée était éberluée de son amour. Son Taxi emplissait chacun de ses gestes et chacune de ses pensées. Elle aimait ce grand gaillard de toutes ses forces et elle était surprise davantage par elle-même que par lui.

— Tu vas aller vivre à Saint-Étienne, comme une princesse, lui disait son amie.

— Taxi m'a dit que c'était très joli mais qu'il n'y avait pas de grandes soirées et que la télévision ne venait pas toujours tourner. J'aurai besoin d'un manteau de fourrure.

— Tu iras travailler à Paris ?

— La première année, je ferai la météo et la qualité de l'air. J'aurai le journal de midi dans deux ans, le vingt-trois heures dans trois ans et le vingt heures dès que le présentateur sera mort.

– Fais attention, je vais monter le zip. C'est loin de Paris, Saint-Étienne ?

– Penses-tu ! Un coup de taxi et hop !

– Et puis vous avez la Bentley.

– Je l'aurais préférée noire, mais il a dit que la mariée était en blanc.

– Tu iras au match ?

– Tous ceux qui seront télévisés. Je voudrais bien qu'il marque des buts et qu'il se fasse acheter par le PSG ou la Lazio de Rome.

– Tu reviendras ?

– Toujours. Je veux m'occuper des jeunes d'ici.

– Tu crois que tu pourras nous faire avoir des visas ?

– Ne me décoiffe pas. Sans problème.

Chamboula s'approcha alors de la mariée.

– Foutez-lui la paix, dit-elle en écartant les filles. Je n'ai pas besoin de te raconter ce qui va t'arriver ce soir ? Tu es au courant. Tu n'as rien à découdre ou rien à recoudre dans ton intimité ?

– Non, répondit la mariée en riant.

– Ne ris pas. Ce qui t'attend après-demain je ne te le dis pas, tu arracherais ta robe. Je me suis battue contre l'amour toute ma vie et j'ai toujours perdu. Être la plus belle est un métier difficile qui fait pleurer les filles.

Le plus difficile dans la plongée en apnée, c'est la première minute. Ensuite, tout va mieux et l'on découvre le chemin du bonheur et l'espoir d'un monde profond et meilleur. On ouvre calmement les yeux sur les alentours, on côtoie les poissons des ténèbres, les animaux blancs aux formes de nuit. On frôle les épaves de navires engloutis avec leur cargaison d'esclaves. Les chaînes entravent à peine leurs os. Ils pourraient enfin fuir. On descend avec moins de hâte, on prend son temps. On ne sait plus que l'on retient son souffle.

La pression bienfaisante vous explose les oreilles et vous plonge dans le silence parfait des bienheureux.

Vous lâchez la corde qui vous guidait et vous partez au large d'un petit coup de palme, libéré.

Juste à la verticale du corps de Boulot qui fait la planche sur son océan, à l'endroit même où son ombre est portée, vous découvrez les premières tours des remparts de l'Atlantide. Un coup de palme et vous trouvez la porte. Elle est d'or.

Le premier qui plongea ainsi, à l'ombre de Boulot en larmes, fut le seul à revenir. Il était porteur d'un message. Essoufflé, il expliqua qu'il existait un monde meilleur à portée de nage, un monde où le Prince Vador, Prince Juste, attendait tous les malmenés du monde.

Il y avait là de la nourriture pour tous, de l'eau éternellement tiède et personne n'était tenu de porter le poids de son corps et de ses peines. Ce monde se trouvait exactement sous Boulot, au cœur de l'Océan nouveau, et, à la différence du monde souterrain et dur des ancêtres, il n'était que douceur.

On se précipita pour lui demander des précisions, mais son âme noyée coula rouge par ses deux oreilles, traçant dans le sable deux ruisseaux de sang qui formaient une croix avec son corps. Beaucoup crurent au miracle et plongèrent.

Pendant longtemps, après leur plongée, on se souvint d'eux comme des bienheureux des grands fonds et on les évoquait parfois en retenant son souffle.

Maintenant que je suis un vieux chercheur, passé du CNRS au privé, mon salaire a été multiplié par trois. Je cherche toujours la même chose, mais mes résultats sont différents et j'ai du mal à comprendre pourquoi.

Maintenant, la ville de Macombo, qui est restée mon objet d'étude, est une ville majoritairement blanche et fripée.

Les jeunes noirs sans qualification sont en Europe pour faire les basses besognes. Rien n'a changé. Ils s'y sont rendus à leurs frais et au péril de leur vie. Ceux qui ont survécu au voyage survivent aux travaux des jours.

Les jeunes noirs qualifiés, eux, ont été « choisis » par les pays européens et sont aussi partis. Ils font tourner la machine au mieux de ses intérêts.

À Macombo, les blancs à la retraite débarquent par charters entiers. On leur a construit des quartiers pimpants avec des gérontologues, des kinésithérapeutes, des pharmaciens et des femmes de ménage. Ils ont restauré les vieilles cases et les vieilles demeures du temps de l'exploitation pétrolière. Ils portent des lunettes noires et des shorts. Ils se font servir, masser et dorloter au soleil. Ils paient pour cela avec le bon argent de leur retraite que les noirs cotisent pour eux dans le froid.

La situation est normale.

Comment j'ai écrit *Chamboula*

J'ai toujours adoré les arbres. Aussi lorsque Raymond Queneau a introduit les arbres (sans écorce mais fort branchus) dans le champ oulipien avec son histoire des *Trois alertes petits pois*, j'ai immédiatement été séduit. Il va sans dire que dans le lot des propositions de contraintes oulipiennes chacun puise de façon différente selon qu'il veut se livrer à un simple exercice ou créer une œuvre personnelle de plus grande dimension. On ne choisit jamais une contrainte par hasard. Il faut qu'une connivence profonde s'établisse qui donnera au texte et à la contrainte le supplément de sens qui leur est indispensable pour jouer leur jeu de littérature.

Si je puis tout à fait imaginer écrire un lipogramme de quelques lignes, il ne me viendrait jamais à l'idée d'écrire *La Disparition* ! J'en serais incapable et il me manquerait le « sans eux » qui donne sa profondeur au livre de Georges Perec.

Si écrire est constamment choisir, la forme de l'arbre binaire, qui implique une alternative à chaque carrefour de la narration, donne l'illusion de surseoir un instant à ce choix fatal. Il n'en est évidemment rien puisque ne pas choisir entre deux solutions implique que l'on choisisse et que l'on traite les deux. Il n'empêche.

Ma première tentative de grimper dans un arbre s'est faite sous le double signe de l'amitié et du paradoxe. Je m'y suis lancé avec mon ami Jean-Pierre Enard pour donner à nos alternatives un caractère de dialogue du genre « tu voudrais qu'il se passe quoi, maintenant ? Et toi ? ». Le paradoxe étant que nous avions choisi la forme théâtrale pour faire pousser notre *Arbre à théâtre*. La représentation s'arrêtait afin de faire voter le public pour l'une ou l'autre des suites que nous lui proposions. Cette formule interactive, souvent reprise depuis, avait le gros désavantage de surcharger la mémoire des comédiens de scènes inutiles et leur tendance à les mélanger avec les scènes à faire nous a vite convaincus que notre arbre n'était pas idéalement adapté à la situation.

Je me suis alors tourné vers la radio qui me permettait de résoudre les problèmes de mémoire. France Culture m'offrit une journée de studio (un dimanche, je crois) pour faire « n'importe quoi ». Ce que je fis avec quelques amis comédiens et nous enregistrâmes une pièce policière en arbre qui supposait la complicité des auditeurs pour aller vers l'une ou l'autre de ses fins. J'imagine que cette pièce a été diffusée une nuit d'été vers trois heures du matin et qu'elle doit dormir dans un recoin secret de l'INA. C'est le destin des choses qui ne sont pas inoubliables.

Une question essentielle m'a toujours tarabusté : doit-on conseiller aux enfants d'accepter le bonbon que leur donne un inconnu ou doit-on les encourager à le refuser ? Cette question me paraît être un verrou du destin humain : d'un côté la confiance et l'ouverture, de l'autre, la prudence et la sauvegarde de soi. Il faut manifestement des deux pour faire un petit homme qui dure et qui grandit… C'est sur cette alternative que j'ai fait pousser mon *Timothée dans l'arbre*, reprenant le personnage de mes *Aventures de Timothée le rêveur* pour le plonger dans ce dilemme existentiel. Le livre a suscité quelque curiosité et provoqué quelques interrogations (ce qui était le moins) et a disparu dans la liquidation de l'héritage de Jacques Binztock au Seuil et dans les violences que le pilon réserve aux livres à rotation jugée trop faible par les commerciaux.

Georges Frêche, à peine élu président de la région Languedoc-Roussillon, m'a sèchement viré du Centre régional des lettres où je travaillais, faisant de moi un chômeur (très) temporaire. Une fenêtre de temps dont je rêvais s'est ouverte qui m'a permis de me lancer dans l'écriture d'un livre plus long. Comme je me trouvais également immobilisé dans un fauteuil roulant à la suite d'une malencontreuse fracture du bassin contractée à vélo sur les rives du Bosphore, j'avais le désir d'écrire quelque chose d'assez bondissant qui rendrait modestement compte de la pagaille du monde et de la fragilité des destins. L'arbre fut immédiatement convoqué pour venir à mon secours. Ce fut un baobab cette fois.

Comme on peut le voir sur le graphe, les branches grimpèrent jusqu'à la quinzième ramification. J'écrivais des paragraphes de une à deux pages posant à la fin de chacun une alternative et traitant ensuite les deux possibilités, selon un rythme binaire maintenu jusqu'au terme du roman.

Mon idée était alors de proposer à mon lecteur une multitude de parcours partant du même point et grimpant dans le récit selon ses affinités pour telle ou telle des suites que je lui offrais. Les choix que je proposais pouvaient être directement narratifs (la solution la plus fréquente) du type :

343

Voulez-vous qu'on livre le réfrigérateur ? 2-1
Préférez-vous qu'on livre le téléviseur ? 2-2

Voulez-vous voir passer sous vos yeux la belle
Chamboula callipyge ? 5-1
Préférez-vous voir le lion entrer au village ? 5-2

Voulez-vous que passe opportunément le recru-
teur ? 10-15
Préférez-vous que Boulot fasse son entrée dans
Paris par l'École normale supérieure ? 10-16

Certaines, à de rares occasions, pouvaient être d'une
nature plus technique tournée vers le texte lui-même :

Voulez-vous lire un paragraphe court en prose ?
Préférez-vous une nouvelle page de dialogue ?

Voulez-vous un court-circuit ?
Préférez-vous un choix binaire ?

À la toute fin, les ultimes paragraphes s'achevaient
également sur des questions sans réponse qui laissaient
le lecteur à ses interrogations et ouvraient des suites
potentielles au roman.

Voulez-vous que la jeune femme offre une ligne
de cocaïne à Boulot ?
Préférez-vous que Boulot perde son âme dans
la nuit ?

Voulez-vous qu'une jeune fille de Paris vienne redresser le nœud de cravate de Boulot ?

Préférez-vous qu'un cinéaste de passage offre un verre à Boulot et aux sapeurs à l'angle du boulevard de Strasbourg et de la rue du Château d'Eau ?

Cette version de *Chamboula* existe dans le ventre de mon ordinateur. C'était celle d'une hypothèse de lecture verticale du texte – mal adaptée à la forme actuelle du livre mais certainement très maniable sur un écran de lecture. Chaque paragraphe était numéroté par un double numéro qui indiquait son rang vertical et son rang horizontal sous la forme 2-3 ou 14-24 par exemple.

Cette disposition a volé en éclats en deux temps.

Mes deux premiers lecteurs (je ne multiplie pas les premières lectures avant publication pour qu'elles ne se neutralisent pas et parce que lire un manuscrit n'est pas chose toujours facile), sans se concerter, m'ont tous deux dit la même chose : « Tu devrais supprimer les questions. » J'étais effaré puisque les questions étaient la raison d'être et le moteur profond de la rédaction du livre. Cela revenait pour moi à en nier la singularité et à écarter tout un pan important de mon travail de composition. Lorsque je leur demandais, incrédule, d'expliquer la raison de leur demande dans l'intention de les confondre, ils me donnèrent l'argument que je n'attendais pas, le plus simple et le plus propre à m'ébranler : « Parce que nous ne les avons pas lues. » Leur insistance était si tranquille que je me suis replongé dans le texte et que j'ai dû leur rendre raison.

Dans un premier temps, parce que cela m'arrachait le cœur, j'ai gardé les questions finales, celles qui devaient rester sans réponse. Il existe d'ailleurs quelques jeux d'épreuves envoyés à la presse qui en portent témoignage. J'ai rencontré, il y a peu, un lecteur qui était fier d'en posséder un trouvé dans une brocante. Un « collector », sans aucun doute.

Sur ces mêmes épreuves, j'ai décidé en fin de compte de faire le sacrifice des ultimes questions dont le sens n'était pas clair dès lors que les précédentes avaient disparu.

Je me rendis à l'évidence, la contrainte avait agi à un autre endroit que celui que je croyais être son point d'efficacité : la rigidité formelle de l'arbre binaire avait réussi à donner une forte impression de désordre généralisé, sans pour autant égarer le lecteur un peu exercé. Là où je pensais que mon lecteur allait se perdre, il n'eut aucune difficulté à retomber sur ses pattes, à accepter la multiplicité des destins d'un même personnage, les contradictions entre des mondes incompatibles. De l'ordre rationnel de l'arbre binaire strict était sortie la pagaille réaliste du monde de Chamboula.

Paul Fournel, avril 2012

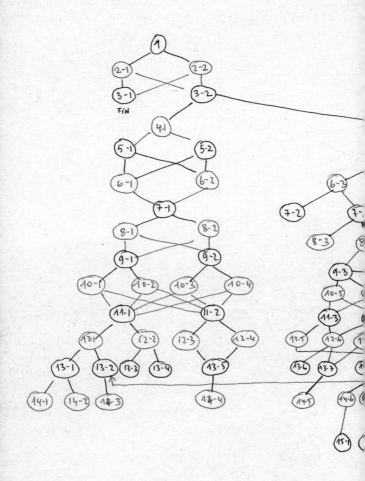

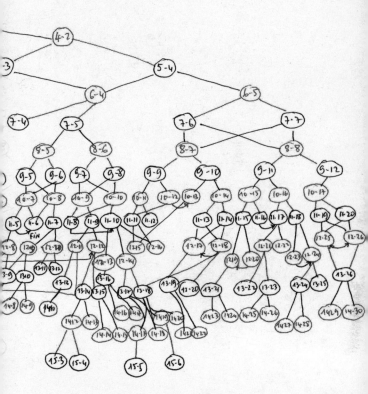

Table

Clés pour la littérature potentielle
Denöel, 1972

L'Équilatère
Gallimard, 1972

L'Histoire véritable de Guignol
Fédérop-Slatkine, 1975
réed. Slatkine, 1981

Les petites filles respirent le même air que nous
Gallimard, « Le Chemin », 1978
et « Folio », n° 2546

La Reine de la cour
Gallimard Jeunesse, 1979

Le Goûter et la Petite Fille qui ne mange pas
(avec Jean-Pierre Enard, illustrations de Carlo Wieland)
Slatkine, 1981

Les Aventures très douces de Timothée le rêveur
(illustrations de Grégoire Mabille)
« Le Livre de Poche Jeunesse », n° 197, 1982

Les Grosses Rêveuses
Seuil, 1982
et « Points », n° P557

Un rocker de trop
(illustrations de Roméo)
Balland, 1983
réed. Joëlle Losfeld, 2004
et « Folio Junior », n° 348

Brèves n° 20
Atelier du Gué, 1985

Superchat contre Vilmatou
Nathan, 1987

Superchat et les Chats pîtres
Nathan, 1987, rééd. 1989

Les Athlètes dans leur tête
bourse Goncourt de la nouvelle 1989
Ramsay, 1988
rééd. Seuil, 1991
et « Points », n° P558

Oulipo. La littérature potentielle
(en collaboration)
Gallimard, « Folio Essais », 1988

Oulipo. Atlas de la littérature potentielle
(en collaboration)
Gallimard, « Folio Essais », 1988

Les Marionnettes
(dirigé par Paul Fournel, préface d'Antoine Vitez)
Bordas, « Bordas-spectacle », 1988, rééd. 1995

Un homme regarde une femme
Seuil, 1994
et « Points », n° P125

Pierrot grandit
(avec Paul Klee)
Calmann-Lévy/Réunion des musées nationaux, 1994

Îles flottantes : l'art, c'est délicieux
(avec Boris Tissot)
Éditions du Laquet, 1994

Le jour que je suis grand
Gallimard, « Haute Enfance », 1995

Pac de Cro, détective
(illustrations de Claude Lapointe)
Le Verger éditeur, 1995
et Seuil, « Points-Virgule », n° V178

Guignol, les Mourguet
Seuil, 1995
rééd. Éditions lyonnaises d'art et d'histoire, 2008

Au Maramures
(avec Bernard Blangenois et Gil Jouanard,
photographies d'Arnaud Class, Thierry Girard, Eric Dessert)
Fata Morgana, 1996

Toi qui connais du monde
poésie
Mercure de France, 1997

De mémoire de Babar
(illustrations de Jean de Brunhoff, Laurent de Brunhoff)
Hachette Jeunesse, 1998

Alphabet gourmand
(avec Harry Mathews, illustrations de Boris Tissot)
Seuil Jeunesse, 1998

Foraine
prix Renaudot des lycéens 1999
Seuil, 1999
et « Points », n° P1092

Besoin de vélo
Seuil, 2001
et « Points », n° P1015

Timothée dans l'arbre
(illustrations d'Emmanuel Pierre)
Seuil Jeunesse, 2003

Poils de Cairote
Seuil, 2004
et « Points », n° P1656

À la ville comme à la campagne
(deux vocations ratées)
Après la lune, « La maîtresse en maillot de bain », 2006
et réédité avec des textes de Yasmina Khadra,
Dominique Sylvain, Marc Villard
sous le titre La Maîtresse en maillot de bain
« Points », n° P1911, 2008

Les Animaux d'amour
et autres sardinosaures
(illustrations de Henri Cueco)
Le Castor Astral, « Les Mythographes », 2007

Les Mains dans le ventre
suivi de Foyer jardin
Actes Sud, « Actes Sud-Papiers », 2008

Méli-Vélo
Abécédaire amoureux du vélo
Seuil, 2008
et « Points », n° P2178

Courbatures
Seuil, 2009

La Liseuse
POL, 2012

Anquetil tout seul
Seuil, 2012

RÉALISATION : NORD COMPO À VILLENEUVE-D'ASCQ
IMPRESSION : CPI BRODARD ET TAUPIN À LA FLÈCHE
DÉPÔT LÉGAL JUIN 2012. N° 108202. (68203)
IMPRIMÉ EN FRANCE

Éditions Points

Le catalogue complet de nos collections est sur
Le Cercle Points, ainsi que des interviews de vos
auteurs préférés, des jeux-concours, des conseils
de lecture, des extraits en avant-première…

www.lecerclepoints.com